La nuit du sang

THOMAS TESSIER

L'ANTRE DU CAUCHEMAR
LA NUIT DU SANG *J'ai lu* 2693/**3***

THOMAS TESSIER

La nuit du sang

TRADUIT DE L'AMÉRICAIN
PAR PATRICK MARCEL

ÉDITIONS J'AI LU

Pour Alice

Ce roman a paru sous le titre original :

THE NIGHTWALKER

Nulle forme ne perdurait et tout était en opposition; car, au sein de ce corps unique, le froid et le chaud, l'humide et le sec, le tendre et le dur, le léger et le lourd se livraient bataille.

OVIDE

Que tout homme ouvre les yeux bien grands sur ses vérités profondes, qu'il use également de son œil interne, et il sera submergé de terreur devant ses découvertes.

Robert AICKMAN

1

Dans son rêve, il était devenu autre, sans qu'il sût exactement quoi. Moins qu'humain, impossible à définir. Sa seule certitude était de s'être transformé, comme si tout, autour de lui, avait subi une singulière métamorphose. Pourtant, il demeurait le même au cœur de cette mue, doté du même cerveau, des mêmes émotions.

Dans son rêve, il ne se passait rien. Il restait debout à se regarder. Debout, présent, mais à peine perceptible, au travers de frondaisons. L'atmosphère d'une nuit d'été l'enveloppait, douce, parcourue de souffles mais agréable. Il s'apercevait derrière le feuillage et les branches, de l'autre côté d'un bosquet, peut-être. Il se regardait fixement, et se renvoyait ce regard. Seuls bougeaient les buissons sous la brise. En dépit de tous ses efforts, il ne parvenait pas à discerner les traits du visage noyé d'ombre. Les yeux brillaient en accrochant la faible lumière; à part cela, rien n'était sûr.

La fin de son rêve coïncidait toujours avec

la sienne propre. Revivait-il à chaque fois sa mort ? Il se tenait là, debout, à guetter, résolu à ne pas bouger tant que tout ne serait pas devenu évident, sans quitter des yeux la silhouette sombre à quelques mètres de lui. Il savait que c'était lui qu'il surveillait, mais il y avait un enjeu plus élevé. Il fallait qu'il déchiffrât un message, un signe. Un élément capital pour son existence. Mais l'apparition s'achevait toujours sans que vienne la révélation. Son corps s'affaiblissait inexorablement. Il avait de plus en plus de mal à rester debout, comme si la force de la gravitation l'attirait à elle. Ses épaules s'alourdissaient, son visage s'affaissait, il glissait en position accroupie. Des filins cédaient dans son cerveau; son emprise sur la scène se desserrait. Il s'abandonnait et se dissolvait, comme une photographie s'éparpille en un million de points indépendants. La silhouette dans l'ombre, son jumeau, le regardait sans bouger, tandis qu'il disparaissait en lui-même.

Que resterait-il de lui ?

De la fumée.

De la fumée ?

Confusément, il perçut qu'elle n'appartenait pas au rêve. Les douces ténèbres du néant avaient débouché sur un autre monde. Il était éveillé.

Il s'agita dans son lit et ouvrit les yeux. Sa chambre était encore plongée dans la nuit. Ce devait être le petit matin. Il chercha sa montre à tâtons. Ses yeux lui piquaient, et c'est alors qu'il sentit la fumée.

Bon Dieu, il y a quelque chose qui brûle ! Il se dégagea des draps et alluma sa lampe de chevet. Une nuée d'un gris métallique était suspendue dans les airs et s'épaississait tandis que l'entrée dégorgeait de nouvelles volutes. Il commença à tousser alors qu'il enfilait son pantalon. *Si le bâtiment est en flammes, je suis dans un sale pétrin*, pensa-t-il. Son appartement occupait le dernier étage d'un immeuble étroit de Kensington qui en comptait deux. Une vieille bâtisse qui singeait l'architecture Tudor, traversée par un courant d'air ascendant qui risquait de la transformer en torche.

Sans prendre le temps de jeter un coup d'œil dans la cuisine, il déverrouilla la porte de l'appartement et sortit sur le palier. Les tourbillons de fumée qui s'élevaient dans la cage d'escalier confirmèrent ses craintes. Un local vacant depuis plusieurs années complétait ce dernier étage; la propriétaire, Mrs Jackson, l'utilisait comme débarras. De là, il pourrait peut-être gagner les toits, mais il n'avait pas l'intention de gaspiller un temps précieux à enfoncer la porte pour s'en assurer. Il choisit donc l'escalier, c'était probablement la seule issue.

L'idée d'un incendie le terrifiait, mais il fut surpris de constater qu'en dépit de l'épaisse fumée, les marches n'étaient pas chaudes. Les yeux larmoyants, il gagnait tant bien que mal le premier étage. Encore un tournant, quelques marches...

Il avait presque oublié Platt, un homme d'âge

mûr qui vivait seul à cet étage. La fumée s'échappait par la porte entrebâillée de son appartement. Platt avait-il déjà fui, ou était-il encore à l'intérieur, inconscient, mort peut-être ?

Il se pencha en avant, toussa violemment pour se dégager les poumons et cligna des yeux jusqu'à ce que sa vision soit redevenue claire. Puis il prit une profonde inspiration et se précipita chez Platt.

Une chaleur immobile.

Il n'était jamais venu dans cet appartement auparavant et n'en connaissait pas la disposition, mais toutes les lampes étaient allumées et un poste de radio diffusait de la musique. Il se dirigea vers l'endroit d'où venait le son et se retrouva dans une grande cuisine. Des volutes noires s'élevaient de la gazinière, mais une fenêtre devait être ouverte car un souffle d'air froid refoulait la fumée vers l'intérieur. Il alla au fond de la pièce, trouva la vitre, l'ouvrit complètement et avala de grandes goulées d'air frais. Ce n'était pas un incendie, il s'en rendait compte à présent.

Une grande casserole noire était posée sur la cuisinière, à feu réduit. Cet imbécile de Platt avait eu l'intention de se mitonner un petit plat, puis s'était probablement rendormi. Quelques minutes de plus et l'appartement flambait.

Il éteignit le feu sur la cuisinière mais, dans toute cette fumée, ne trouva rien pour saisir la casserole. Enfin, sa main se referma sur une grande assiette, sans doute celle prévue pour le repas. Il s'en servit pour faire tomber le couvercle et la glissa à la place, coupant ainsi net le torrent de fumée. *Ça y est*, pensa-t-il. Il n'y a plus de danger désormais, plus rien à craindre. Mais il tremblait encore. Les nerfs.

Il revint aspirer de l'air frais à la fenêtre. La fumée commençait à se dissiper et on discernait mieux l'intérieur de la cuisine. L'évier était encombré de piles d'assiettes, de casseroles et d'ustensiles sales. L'égouttoir débordait de boîtes de conserve vides – pour l'essentiel, des haricots en sauce – et de pelures de fruits, de coquilles d'œufs, de quignons de pain rassis, d'emballages vides. Sur la table s'épanchait un chaos comparable, qui incluait des bouteilles de gin vides et des verres sales. Il pouvait pratiquement sentir la pellicule de graisse plaquée sur le tout du sol au plafond. L'endroit était un vrai bidonville particulier, une poubelle à une place.

Platt.

Il en avait oublié Platt. Il se rua dans la pièce voisine où était allumée une lampe. La fumée y stagnait encore. Il ouvrit l'unique fenêtre et fit aller et venir la porte sur ses gonds comme un grand éventail pour éclaircir un peu l'atmosphère. C'était la chambre, et elle n'était pas belle à voir : une véritable porcherie. Platt n'était pas là.

Plusieurs lampes éclairaient également la pièce suivante, enfumée elle aussi. Pas de Platt en vue, aucun meuble, juste des caisses de bouteilles empilées. Des centaines de flacons

– tous de gin, à l'exception de quelques alcools qui s'y mariaient bien. Platt devait avoir conservé chaque bouteille qu'il avait jamais bue. Un goût pervers de l'exploit accompli. La lumière provenait de deux lampadaires et d'un lustre de bazar, qui accroissaient l'aspect absurde de la pièce. *C'est un véritable animal*, pensa-t-il.

Platt était dans la salle de bains. Il ne portait que ses chaussettes et un slip sale. Il avait jeté sa chemise et son pantalon sur le plancher, le long de la porte, ce qui avait empêché la fumée d'entrer. Platt était couché par terre, recroquevillé au pied des W.-C. Une position parfaitement appropriée. Comme un cafard.

Il était debout sur le seuil, à contempler cette misérable créature, ce cafard qui ronflait à ses pieds... Et une sarabande défila dans sa tête. La panique, l'angoisse qu'il avait ressenties en s'éveillant. La tension – comme si son corps était devenu un réseau de câbles soumis à d'insoutenables contraintes.

Et tout tourbillonnait, bourdonnait, comme des nuées de matière gazeuse se condensant en une monstrueuse étoile qui brûlait d'un feu sombre au creux de la nuit.

Il se tourna vers le miroir de la salle de bains; une fraction de sa conscience nota l'état répugnant de la surface de verre. La sueur couvrait son corps comme un emballage de cellophane, strié de traînées de suie et de fumée; sa chevelure était en désordre, son visage tordu d'une grimace de dégoût – il se reconnaissait à peine, mais la vision s'enregistra : c'était bien lui, et ce n'était que lui.

Il se retourna vers Platt.

– Réveillez-vous !

Sa voix résonnait avec une puissance anormale dans la pièce exiguë. L'autre homme bougea d'un centimètre ou deux, poussa un long soupir et retrouva le rythme de sa bruyante respiration.

– Levez-vous ! hurla-t-il en écrasant d'un coup de talon la cheville de Platt. Debout, allez, debout !

– Ooohhhh, marmonna Platt, qui roula sur le dos en clignant des yeux.

Il n'arrêtait pas maintenant d'assener des coups de pied. La cheville de l'ivrogne était devenue une sorte de point de contact; chaque fois que son propre pied s'abattait dessus, il lui semblait qu'un arc électrique lui traversait le corps, du talon au cerveau.

– Debout, sale porc !

La douleur fit réagir Platt. Il déplaça ses pieds par réflexe de protection, et ses yeux s'arrondirent de terreur et d'incompréhension. Qui était donc là ? Que se passait-il ? Que faisait-il par terre ? Il était en train de prendre un petit verre... La douleur draina un message jusqu'à son cerveau. *Bouge. Fais quelque chose.*

Il empoigna fermement Platt par les cheveux et les oreilles. Il le tira pour le forcer à s'asseoir.

– Salopard ! Porc !

Il cogna la tête de Platt contre le rebord de la cuvette des W.-C.

– Crétin, salopard !

Les mots chantaient dans sa tête en rhapsodies furieuses. *Foutre le feu à la baraque.*

Bam – contre la porcelaine.

Bam. Bam.

– Oh, mon Dieu, arrêtez, gémit Platt.

Le sang coulait à flots le long de sa tempe.

– Arrêtez, arrêtez, je vous en prie.

Il ouvrit la porte d'un coup de pied, tira l'ivrogne derrière lui, et le traîna sur le plancher. Il fallait flanquer ce porc dehors, une fois pour toutes. Désinfecter l'appartement, le rénover. Tout reprendre. Platt commença à résister, se tordant comme une bête désespérée.

– Non, non, qu'est-ce que vous faites ? Arrêtez !

Il le lâcha pour le frapper à la tête et au visage, jusqu'à ce que le sang recommence à couler et que ses poings lui fassent mal. Puis il reprit ses coups de pied – dans l'estomac et dans les côtes, à la nuque, dans le bas-ventre. Platt hurlait. Il se tassa en position fœtale.

La cuisine.

– Regarde, mais regarde ce que tu as fait ! Crétin, connard ! Tu n'es pas humain, tu m'entends ? Tu n'es même pas humain.

Il renversa la table, envoyant les bouteilles s'écraser au sol. Platt gémit bruyamment, sans avoir encore compris ce qui se passait.

Il reprit la tête de Platt entre ses mains, comme un ballon de rugby, et la tordit pour lui montrer le fourneau. La colère courait en lui comme une fontaine d'énergie incandescente.

– Regarde ce que tu as fait, connard ! Tu essayais de faire flamber la baraque. Regarde !

– Oh, mon Dieu, laissez-moi, gémit Platt.

– « Laissez-moi » ? Je t'en foutrai, moi, des « laissez-moi ». Tu ne devrais même pas vivre ici. Tu n'es qu'un animal, un enculé, un connard.

Il le tira jusque sur le palier, le criblant de coups de poing et de coups de pied. Il le projeta violemment dans les escaliers. Platt les dégringola comme une toupie cassée, en poussant des cris. Il s'effrondra sur le palier inférieur et y demeura, sanglotant sans oser lever les yeux.

Son sauveteur le regardait, impassible. L'incandescence qui l'habitait avait disparu. Il se sentait calme, frais, purifié. Il tourna les talons et réintégra son appartement, au dernier étage. Le son de la radio s'estompa.

2

L'appartement était encore empli de fumée. Il ouvrit toutes les fenêtres et s'assit au bord du lit. Il recouvrait graduellement sa complète sensibilité, et un seul message lui parvenait de chaque point de son corps : un signal de douleur. Sa gorge, irritée par la fumée, lui faisait mal. Ses pieds saignaient d'avoir foulé des tessons de bouteilles. Ses orteils se ressentaient encore des coups qu'ils avaient assenés. Ses mains étaient écorchées, ses avant-bras couverts d'ecchymoses.

Que s'était-il passé ?

Une folie, faite d'indignation et d'agressivité, l'avait brutalement happé. Il n'avait plus frappé personne depuis l'école – jusqu'à cette nuit. Cela semblait incroyable. Ces indices sur son corps le stupéfiaient, comme l'eût fait l'apparition de stigmates ou d'un sixième doigt à chaque main. Tout enthousiasme l'avait abandonné, ne laissant que la confusion et un sourd battement sous son crâne.

Il prit quatre aspirines et six cent milligrammes de ginseng.

Quand il eut fini d'extraire les fragments de verre de la plante de ses pieds et de panser ses blessures, il était un peu plus de cinq heures du matin. Hyde Park devait être ouvert. Il y serait en quelques minutes.

Une brume froide saturait l'air d'humidité, mais il trouva cela délicieux après cette fumée. Les rues étaient presque désertes. D'ici une heure, le trafic s'accentuerait et les piétons feraient leur apparition, mais pour l'instant la nuit régnait encore. Tout était tranquille.

Hyde Park et Kensington Gardens formaient son territoire durant ces petites heures du matin. Il se réveillait toujours tôt pour aller s'y promener. Curieusement, le parc lui semblait plus intime, plus personnel, que son propre appartement. Cet endroit le détendait, le calmait, quand il se sentait nerveux, et le rendait encore plus heureux quand il était de bonne humeur. Il aimait marcher entre les arbres, dans l'herbe humide. Il préférait le petit matin, quand il n'y avait personne. Il avait alors l'impression de parcourir sa propriété privée. Mais même par les jours chauds et ensoleillés de l'été, la foule ne le gênait pas. Un lien singulier l'attachait à cet endroit. Il avait remarqué cela pour la première fois en août dernier, lors de son arrivée à Londres.

Il s'assit sur un banc, en vue du Speke Monument. Le ciel s'éclaircissait lentement et le paysage se précisait. Pendant de longues minutes, il garda les yeux fixés dans le vague, le corps et l'âme en paix; les derniers vestiges de sa tension se dissipaient comme une brume. Puis il tourna la tête avec nonchalance et suivit le passage d'un taxi jaune, apparaissant et disparaissant fugitivement derrière les grilles du parc. Il était tôt. Il avait oublié sa montre, mais il savait qu'il était encore tôt.

L'incident de l'appartement lui revint en mémoire. Il aurait pu tuer ce type, Platt, cette misérable créature. Il avait été en colère, et il y avait de quoi. Mais le frapper des pieds et des poings comme il l'avait fait... et les escaliers, après ça. Qu'est-ce qu'il lui avait pris ? Il gardait un souvenir trouble de l'agréable sensation qu'il avait éprouvée sur le moment. Trop flou, trop confus – comme le souvenir obscur d'un rêve érotique.

Il se leva et marcha pour chasser son trouble. Pourquoi devrait-il s'inquiéter de Platt ? C'était une épave, un alcoolique désœuvré. Et il avait mérité d'être corrigé. D'ailleurs, à son réveil, il ne se souviendrait probablement de rien. Mrs Jackson n'avait certainement rien entendu, du fond de son sous-sol – une vraie crypte. Et un cabinet médical, désert pendant la nuit, occupait le rez-de-chaussée.

Il s'arrêta sous un arbre, en face du Round Pond. Il aperçut au loin les premiers joggers. L'air saturé d'humidité semblait recouvrir sa peau d'une pellicule d'argent. Il s'accroupit et posa ses mains sur le sol. Il avait l'impression de sentir la planète entière : toute cette vie, toute cette énergie répondaient à son contact, déferlaient en lui. Il était un récepteur, un prêtre des sacrements de la terre et de la nature. Il arracha des mottes d'herbe et de terreau, et les projeta en l'air. Le martèlement sauvage avait repris dans sa tête. Ses mains brûlaient d'un feu agréable. Il se sentait capable de prendre son essor à travers les cieux. Il courut dans l'herbe sous les frondaisons, le long des allées du parc, à travers la pluie qui commençait à tomber. Il courut aussi vite qu'il le put, jusqu'à ce que la musique fantôme et le feu fantôme dans son être se soient consumés. Jusqu'à ce qu'il arrive à son appartement.

Une atmosphère pure et nette y régnait maintenant, mais il faisait froid. Il ferma les fenêtres, s'empara du téléphone et se jeta sur le lit. Elle n'aimerait pas beaucoup ça, mais tant pis, il avait besoin d'elle.

– Allô ?

Une voix lourde de sommeil.

– Salut.

– Oh.

Le temps d'un, de deux battements de cœur.

– Viens me voir.

Un ordre et une supplication.

En réponse lui parvint un point d'interrogation, matérialisé par un bâillement.

– J'ai dit : viens me voir.

Sa voix s'était faite un peu plus pressante.

– Tout de suite ?

Un léger ennui, mais pas aussi grand qu'il le craignait.

– Dès que tu peux... Tout de suite.

– Il est six heures.

– Nous prendrons le petit déjeuner ensemble.

– On devait se voir pour l'apéritif aujourd'hui. C'est bien aujourd'hui, n'est-ce pas ?

– Oui. On prendra l'apéritif également. Je te demande juste de venir me voir tout de suite, d'accord ?

– Oh...

– S'il te plaît.

– Tu as passé une mauvaise nuit, c'est ça ?

– Et je t'aime.

Il vit le taxi s'arrêter devant la maison et quitta la fenêtre. L'ascension des escaliers l'avait essoufflée, et des marques de sommeil se dessinaient autour de ses yeux; mais elle parvint quand même à sourire. Elle posa son sac à main et plaça son manteau par-dessus. Il la trouva très belle et la serra dans ses bras.

– J'ai eu la chance de trouver un taxi en maraude, dit-elle. Je ne sors pas si tôt le matin, d'ordinaire.

– Oh, tu es si bonne, chuchota-t-il en l'entraînant vers le lit.

– Tes cheveux sentent la fumée.

Ils firent l'amour très vite. Il sentait son propre rythme inquiet complètement décalé par rapport au sien, mais elle s'abandonna et le laissa aller à sa guise. Il avait tellement besoin d'elle – il n'en demandait pas plus. Il savait se montrer attentionné au lit avec elle, mais pas quand quelque chose le tracassait. Dans ces moments-là, il se perdait en lui-même. Elle ne lui en tenait pas rigueur. C'étaient les seuls instants où il manifestait de la vulnérabilité.

Après, elle s'assit dans le lit. Allait-il céder au sommeil ? Non. Ses yeux étaient clos, mais il était toujours éveillé.

– Est-ce que tu veux du café et des œufs ? lui demanda-t-elle. Je vais m'en faire. Tu avais offert le petit déjeuner.

– Sers-toi.

– Merci beaucoup.

Elle lui administra une petite bourrade, par jeu, sans recevoir de réaction.

– Hé, tu te sens bien ?

– Ça va mieux, oui.

C'est tout lui, songea-t-elle en souriant.

– Regarde tes mains, toutes sales et écorchées. Comment as-tu fait ça ?

Les yeux toujours fermés, il rit au creux de l'oreiller.

3

Le New Riverside Club n'avait de nouveau que le nom. Il occupait une unique salle assez vaste, au rez-de-chaussée d'un bâtiment banal, dans une petite rue qui donnait sur Mount Street. Le nom avait changé plusieurs fois au cours des vingt dernières années : ç'avait été l'Ancien Riverside Club, le Nouveau Club des Grands-Ducs, l'Ancien Club des Grands-Ducs et, paraît-il, le Coconut Club avant cela. En grattant les couches de papier peint successives qui recouvraient les murs, on aurait probablement pu remonter jusqu'au XIXe siècle.

Le club disposait d'une télévision couleur, d'un billard, d'une machine à sous et d'un juke-box. Mais le bar constituait le véritable centre d'activité – chaque après-midi, et tard le soir. Le zinc était orné d'une guirlande électrique de Noël qui clignotait à longueur d'année. Des blasons étaient accrochés à un mur, mais nul ne savait ce qu'ils faisaient là. Au plafond s'entrecroisaient des poutres sombres en bakélite.

Les habitués du club se reconnaissaient sans difficultés : un employé d'hôtel, le veilleur de nuit d'une banque proche, trois hommes d'affaires chinois qui ne parlaient qu'entre eux, des représentants de commerce aux costumes mal ajustés, deux dames âgées vêtues de jupes un peu trop courtes, une poignée de croque-morts, de pique-assiettes et de semi-alcooliques.

Bobby Ives cumulait les statuts de membre et d'habitué du New Riverside. Il avait vingt-quatre ans et la nationalité américaine; un peu trop maigre pour ses deux mètres de haut, il avait de longs cheveux châtains qui tiraient sur le brun. Il buvait du whisky irlandais, ne fumait pas. À l'occasion, il acceptait une partie de billard, mais il ne fréquentait le club ni pour ses jeux, son whisky ou la compagnie qu'il offrait. Simplement, il n'avait rien de mieux à faire.

La jeune fille qui l'accompagnait ce jour-là s'appelait Annie Cooper. Née à Basingstoke, élevée à Londres, elle vivait encore chez ses parents à Turnham Green, et travaillait pour une petite société spécialisée dans la décoration de vitrines. Elle était la meilleure employée de l'entreprise. Son sourire plein de naturel, son aspect frais et net amélioraient des traits par ailleurs ordinaires.

Bobby l'avait rencontrée dans un pub, et ils sortaient ensemble depuis bientôt quatre mois. Il ne connaissait qu'elle à Londres et avait horreur de vivre seul. Mais, malgré leurs excellentes relations, elle se refusait à venir vivre avec lui. Ils se voyaient pratiquement chaque jour, faisaient l'amour fréquemment, mais n'avaient jamais envisagé de s'engager plus profondément. Pourquoi ne lui avait-il pas proposé le mariage ? Il était persuadé qu'elle accepterait sa demande. Peut-être craignait-il les risques que cela comportait, aussi bien sur le plan des sentiments, que dans d'autres domaines ? Il se méfiait trop de lui-même, convaincu qu'il recélait, enfoui au tréfonds de lui, quelque chose dont il ignorait la nature. Si Annie acceptait de vivre un certain temps avec lui, elle pourrait l'aider à découvrir et à comprendre de quoi il s'agissait. Alors, peut-être pourraient-ils se marier.

Elle aurait été très heureuse de vivre avec lui. Elle aimait Bobby et était sûre que Bobby le lui rendait. Mais ses parents ne jouissaient pas d'une bonne santé et elle jugeait nécessaire de continuer à vivre avec eux, du moins pour le moment. Pourquoi Bobby ne voulait-il pas l'admettre ? Pourquoi refusait-il de lui rendre visite chez elle et de les rencontrer ? Il pouvait parfois se montrer totalement fermé, insensible. Comme si tout ce qui ne touchait pas à leur amour ne l'intéressait pas. Au-delà du périmètre de leurs relations, ses émotions semblaient sous-développées. Un être cadenassé à l'intérieur de lui-même. Être parvenue à établir un contact et une si bonne entente avec lui relevait de l'exploit pour Annie. Mais ce n'était qu'un début. Elle aurait voulu ouvrir Bobby sur le monde, améliorer son existence. En tant que vétéran du Viêt-nam, il vivait d'une pension mensuelle d'invalidité. Il avait beaucoup de qualités, mais ni but ni motivation.

Ce jour-là, ils parlaient de la vie qu'il avait menée au Viêt-nam, sujet qu'il répugnait à aborder d'ordinaire.

– Il m'est arrivé... une... histoire bizarre, un jour.

Il sourit avec embarras et détourna ses yeux de ceux d'Annie.

– Quoi donc ?

– J'y suis mort.

Les trais de Bobby se durcirent. *Je suis mort là-bas.* Les mots sonnèrent comme un glas dans sa tête, tandis que son visage se figeait, les yeux perdus dans le vague.

– J'étais à Saigon, en principe comme soldat non combattant. Cette guerre n'éveillait aucun intérêt en moi. Du moment que je ne me retrouvais pas en première ligne, je préférais la faire que d'y échapper. Le Canada[1], la prison – c'était une solution que je ne pouvais pas envisager. Elle ne m'était même pas venue à l'esprit. Je me suis engagé, pensant que je pourrais éviter de me battre, et parce que je n'avais rien d'autre à faire. La guerre aurait dû se dérouler sans problèmes pour moi. Et ce fut le cas... jusqu'au jour... On avait l'habitude de lire les listes de M.A.C. – les Morts au Combat – poussés

1. Durant la guerre du Viêt-nam, c'est au Canada qu'insoumis et déserteurs américains trouvèrent essentiellement refuge. *(N.d.T.)*

par une curiosité morbide, en se demandant si un jour on y verrait le nom d'un copain ou d'une connaissance.

Ives observa une courte pause, eut un petit rire.

– Enfin, un jour, c'était là : Ives, Robert, mort au combat. C'était moi.

– Quelle terrible erreur, dit Annie à voix basse.

– Oui, mais c'était plus étrange que ça. Ils mentionnaient jusqu'à mon matricule – j'ai sorti mes plaques d'identification pour vérifier, C'était bien moi qu'ils donnaient pour mort sur leur liste, et personne d'autre. Moi.

– C'est horrible.

– L'erreur d'un rond-de-cuir ou d'un ordinateur, je ne sais pas.

Il eut un geste dépréciateur de la main.

– Ils ne prennent pas la peine de t'expliquer comment se produit ce genre d'erreur – peut-être n'en ont-ils aucune idée; ils te disent simplement que c'est arrivé. Tu es mort. C'est tout. Personne n'est responsable, et d'ailleurs, tout le monde s'en fout. Tu sais combien de temps ça m'a pris pour faire rectifier cette petite erreur ? Trente-neuf jours. Trente-neuf jours, et pendant tout ce temps, j'étais officiellement mort. Je continuais à travailler comme d'habitude, mais j'étais mort. L'armée a été au moins efficace sur un point : ils ont expédié un télégramme à ma vieille sans perdre une minute. Ils lui disaient que j'avais été buté et tout ça. Bon Dieu, elle et moi, on ne s'entendait pas, mais...

– Je suppose qu'il s'agissait d'un autre Robert Ives.

– Sûrement. Pauvre type. Enfin, il aura vécu un mois de plus grâce à moi. J'ai en quelque sorte pris sa place. Ce qui revient à dire que je serai mort au moins deux fois dans ma vie.

Pourquoi avait-il dit *au moins* ? se demanda-t-il aussitôt.

– Tu aurais dû m'en parler, lui dit Annie. Plus tôt, je veux dire.

– Pourquoi ?

– C'est important.

Bobby haussa les épaules.

– Si, c'est important, tu le sais bien, insista-t-elle.

– Tu sais ce que j'ai fait, après ça ? J'ai commencé à utiliser de fausses identités. Quand je rencontrais une fille pour la première fois, ou que je discutais avec un étranger dans un bar, je me présentais sous le nom de Robert Chandler, ou Robert Tripp, ou – oh, je ne sais plus, j'ai utilisé des tas de noms différents. J'ai fait ça pendant des mois, un an peut-être. Bon Dieu.

– C'est compréhensible. Ce qui t'est arrivé est horrible. Il y avait de quoi secouer n'importe qui.

Bobby, Bobby, Bobby est mort, chuchotaient des échos au fond de lui.

– Hé ! Je t'aime, lui rappela Annie en pressant affectueusement sa main.

Il sourit et son visage s'éclaira soudain.

– Tu sais dire la bonne aventure ? lui demanda-t-il pour changer de sujet.

– Tu veux que je te lise les lignes de la main ? demanda-t-elle en riant.

– Tu y connais quelque chose ? s'enquit-il avec intérêt.

– Non, je plaisante, mais je peux essayer.

Elle inspecta sa main ouverte, heureuse de voir Bobby de bonne humeur.

– Voilà ta ligne de vie, annonça-t-elle sans en être sûre.

– Si ça se trouve, ça n'est pas ça du tout.

– En tout cas, si c'est elle, tu auras une longue vie. Tu y connais quelque chose, toi ?

– Non.

– Je suis sûre que mon intuition est juste. C'est ta ligne de vie.

– C'est tout ce que tu peux dire ?

Elle ignora sa question et compara sa main et la sienne.

– Ça, c'est curieux.

– Quoi ?

Il se pencha, intéressé.

– Regarde.

Elle montrait leurs deux paumes ouvertes côte à côte.

– Regarde quoi ? Je ne vois rien.

– Ton annulaire et ton médius – ils sont de la même longueur. Exactement.

– Et alors ?

– Ça n'est pas commun.

– Moi je les trouve parfaitement ordinaires. En revanche, mon pouce est un peu bizarre.

– Les miens ne sont pas comme ça. L'annulaire est plus court que le médius.

– C'est parce que tu es mal fichue.

– Oh, Bobby !

Elle repoussa sa main d'un air faussement indigné.

4

– J'aimerais bien installer leurs vitrines, un jour, dit Annie en entrant chez Harrods avec Bobby. Mais je ne crois pas que l'occasion se présentera jamais. Bon, que voulais-tu acheter ?

– Du ginseng. Ils vendent une marque plus concentrée.

– Ça sera long ?

– Quelques minutes, pas plus.

– D'accord. Je te retrouve ici dans ... une demi-heure ?

– Où vas-tu ?

– Jeter un coup d'œil aux rayons dames. Juste une demi-heure. Ça t'ennuie ?

– Je ne veux pas passer ma journée ici.

– Vingt minutes ?

Ives poussa un soupir et détourna les yeux.

– Quinze ? Dix ? Est-ce que...

Bobby s'aperçut qu'il se conduisait comme un enfant.

– D'accord, d'accord, concéda-t-il, résigné.

Je te retrouve ici dans une demi-heure. Mais pas plus.

– Je serai à l'heure.

Radieuse, elle l'embrassa sur la joue avant de s'en aller rapidement.

Pour tuer le temps, Ives erra lentement à travers les rayons, considérant d'un œil nonchalant tout ce qui l'entourait. Il n'était venu chez Harrods que deux fois auparavant, mais quelque chose lui déplaisait ici. Pas le magasin lui-même, encore qu'il ait toujours eu l'impression qu'il fallait porter costume et cravate dès qu'on s'y aventurait – il avait horreur de porter un costume – mais plutôt les clients. Tous ces gens occupés, préoccupés et méthodiques, enchantés d'être ici et d'y dépenser de l'argent... Qu'ils achètent sous l'effet d'une impulsion soudaine ou d'une mûre réflexion, ils irradiaient la confiance, l'assurance, comme s'ils accomplissaient en ces lieux une portion essentielle du grand cycle de leur existence. Tous avaient un but, même les touristes, à leur manière. Au sein de cette foule, Ives se sentait déplacé, étranger.

Il acheta son ginseng, trouvant scandaleux de devoir débourser quatre livres pour quelques pilules sous cellophane. Il n'était même pas certain des vertus du ginseng. Un Coréen lui en avait parlé au Viêt-nam, et sur place, il lui avait semblé constater un effet tonifiant. Le ginseng passait pour un stimulant de l'équilibre général, des capacités sexuelles et de la longévité. On assurait qu'Henry Kissinger en prenait durant ses déplacements diplomatiques. Ives enfouit le sachet au fond de sa poche et reprit ses errances.

Il voulut s'acheter un livre, mais s'aperçut qu'il lui était impossible de lire les titres. Ses yeux se dérobaient à toute concentration. Au rayon épicerie, il s'arrêta, comme malgré lui, et resta là, immobile, subitement enraciné au sol. Il ressentit un vague vertige et sa vision se brouilla – les choses commençaient à flotter autour de lui. Mais il n'éprouva pas le besoin de s'asseoir. Il se dressait là, comme un arbre, le corps paralysé. Il ne voyait plus qu'un brouillard gris, et un fourmillement, presque une inflammation, s'était emparé de ses mains, semblable à ce qu'il avait éprouvé durant l'incident avec Platt. Le néant tourbillonnait et sifflait autour de lui, et il crut qu'il tombait. Mais il ne heurta pas le sol. Il était toujours debout, rigide comme une statue. La sueur perlait à son front. Il essaya de comprendre ce qui lui arrivait, mais la pensée consciente ne représentait plus pour lui que l'écho ténu d'une voix hors de portée de son esprit. Il n'avait aucune notion du temps qui passait; il ne remarquait pas les regards bizarres des clients, ni les chuchotements qu'échangeaient les vendeurs, soupçonneux et inquiets. Tout s'était effacé.

Le feu qui brûlait ses mains s'accentua, se propagea dans ses bras transformés en épais câbles électrifiés, rougis par la chaleur. Alors vint le bruit. Une bouffée d'inquiétude lui traversa l'esprit et se dissipa instantanément. Il ne parlait pas et ne produisait pas de son de façon normale, mais un bruit s'élevait du tréfonds de son corps. Réel ou imaginaire ?

Une vendeuse s'approcha d'Ives avec prudence. Cet homme lui semblait très malade – son visage luisait de transpiration, sa bouche était légèrement entrouverte et ses yeux féroces se fixaient dans le vide.

– Est-ce que tout va bien, monsieur ?

Pas de réponse, pas même un signe prouvant qu'il avait entendu la question. Elle la répéta un peu plus fort et, de nouveau, il ne sembla pas l'entendre. S'agissait-il d'un épileptique ? Était-il en proie à une crise ? Elle allait envoyer chercher de l'aide quand une jeune femme survint et enlaça l'inconnu.

– Te voilà, dit Annie. C'est toi qui es en retard.

Elle s'interrompit en voyant son visage. Son sourire se mua en une expression inquiète.

– Bobby, qu'est-ce qui ne va pas ?

Ives se retrouva dans le rayon épicerie de chez Harrods. Il n'était pas surpris; il ne cligna même pas des yeux. Annie était à ses côtés. Ils marchaient ensemble. Il était incapable de décrire précisément ce qui lui était arrivé. La peur l'avait envahi, et il pouvait lire le même sentiment dans les yeux d'Annie.

5

– Pourquoi ne veux-tu pas vivre avec moi, Annie ?

Ives était étendu sur le lit et appliquait son verre de whisky on the rocks contre sa tempe. Annie s'affairait à remettre la pièce en ordre.

– Tu pourrais prendre soin de moi, et je n'aurais plus ces étourdissements.

– Alors c'était ça ?

– Non, pas exactement. Je suis resté debout, comme tu m'as trouvé, et je ne me suis pas évanoui. Mais je n'étais plus là. Comme si j'avais été déconnecté.

Annie rangea des magazines en pile. Il lui semblait important de continuer à s'occuper et de ne pas avoir l'air trop inquiet.

– Est-ce que ce genre de chose t'arrive souvent ?

– Non, pas exactement. Mais j'ai vraiment mal choisi mon moment, hein ? Le rayon épicerie de chez Harrods. Oh là là !

Annie ignora sa tentative de diversion.

– Qu'est-ce que tu veux dire par « pas exactement » ?

– Oh...

Il haussa les épaules.

– Rien. Je veux dire qu'il m'arrive de me sentir bizarre parfois, un peu dans les vapes. Je suppose que cela arrive à tout le monde. Tu sais, quand on a l'impression de n'être plus en contact avec quoi que ce soit... désynchronisé.

– Ça avait l'air grave, aujourd'hui, Bobby. Peut-être que tu devrais aller voir un docteur et te faire prescrire des médicaments.

Elle espéra que ses conseils ne le heurteraient pas.

– Des clous. Je refuse de me droguer. Je suis parfaitement capable de m'occuper de moi tout seul. D'ailleurs, grommela-t-il en s'asseyant pour lui faire face, c'est juste une sensation de temps en temps... rien de plus.

Il se sentait reposé, détendu. Il sirota son whisky.

Annie se redressa et demeura immobile un instant. Pendant quelques secondes, ils se regardèrent en silence. Puis Annie commença à ranger les cassettes et les disques.

– Tu sais que tu as neuf marques différentes de miel, dans la cuisine ? remarqua-t-elle.

– Oui. Et tu sais que tu es une maniaque du rangement ? Pourquoi ne viens-tu pas vivre avec moi ?

– Parce que ça représenterait trop de travail. Regarde ce que je dois faire maintenant, alors que je suis simplement en visite.

– Sérieusement.

– Sérieusement, pas tout de suite, répondit-elle sans lever la tête.

Ives la regarda et se laissa retomber contre les coussins. Il savait qu'il était inutile d'insister. Il ne réussirait qu'à leur donner mauvaise conscience à tous les deux, et il ne le voulait pas. Un de ces jours, se dit-il, elle sera d'accord. *Mais quand ?*

– Tu sais... commença-t-il, mais il laissa la phrase en suspens.

– Quoi ?

– Rien.

– Tu avais commencé à dire quelque chose, alors dis-le.

En fait, Annie souhaitait parler de leur éventuelle vie commune. S'ils en discutaient davantage, Bobby en viendrait peut-être à comprendre sa position.

– Eh bien... Il y a quelque chose que je ne t'ai pas dit l'autre jour, quand nous parlions du Viêt-nam. Une autre histoire qui m'est arrivée là-bas.

– Ah bon ? fit Annie, d'abord surprise qu'il change de sujet, puis heureuse qu'il se confie à elle spontanément. Vas-y, raconte.

– Je, euh – il se renfrogna imperceptiblement – j'ai tué quelqu'un.

– Oh, Bobby. Mais tu m'avais dit que tu appartenais à une section de non-combattants...

– C'est vrai. Mais j'ai été pris dans certaines circonstances. Ça aurait pu arriver à n'importe qui.

– Ne me dis rien, si tu n'y tiens pas, le prévint Annie.

Elle était encore sous le coup de cette révélation. Elle aurait dû s'y attendre – le Viêt-nam avait été une guerre, après tout – mais non, elle n'avait pas une seconde pensé à ça. Bobby avait tué...

– Je voudrais tout te raconter, mais tu pourrais ne pas apprécier. Ce n'est pas très... beau.

– Ça ne fait rien. Je veux tout savoir de toi.

– Tu sais, commença-t-il, le regard perdu, tourné vers ses souvenirs, quand j'y repense, et c'est la première fois que je le fais depuis très longtemps, j'en revois chaque instant, à la perfection. Clair comme le cristal. Bon Dieu. C'était juste un petit incident stupide, presque un fait quotidien là-bas. J'étais basé à Saigon, il n'y avait pas eu beaucoup de combats depuis le Têt, des escarmouches, sans plus. Et j'avais, cette nuit-là, une permission de vingt-quatre heures, ce qui voulait dire ramasser une prostituée, me saouler et dormir pour récupérer. Et c'est plus ou moins ce que j'ai fait. J'ai mangé un morceau, bu deux ou trois bières. Je devais rejoindre des copains vers minuit dans un bar. J'ai quitté l'endroit où j'avais cassé la croûte, mais j'avais à peine fait quelque pas qu'il a fallu que je m'arrête pour pisser. Je me suis donc engagé dans une ruelle. Je n'étais pas ivre. J'avais seulement bu quatre canettes et un peu de mauvais champagne. Je sais que je n'étais même pas « bien » à ce moment-là. Bref, j'étais là, debout à pisser contre le mur, quand j'ai entendu du bruit. La voix d'un homme qui gémissait, prononçait quelques paroles saccadées, et recommençait à gémir. Je n'avais pas la moindre idée de ce qui pouvait se passer. Quand j'ai eu fini, je me suis enfoncé plus avant dans la ruelle, en suivant le bruit. Et en tournant au coin, je me suis retrouvé à l'arrière du bar où j'avais mangé. Quel idiot j'étais. Il y avait là un soldat, un des nôtres, qui se faisait faire une gracieuseté buccale par une – une indigène. J'ai failli éclater de rire, mais je suis content de m'être retenu; j'espère qu'il a pris du plaisir comme jamais. Parce qu'il a joui à ce moment précis, et que, comme il se laissait aller, elle lui a plongé la baïonnette dans le ventre. Il avait les mains sur les oreilles de la fille, et elle lui a pris sa baïonnette *à lui*. Merde. Ses tripes sont sorties comme lorsqu'on ouvre un poisson, mais elle est restée calme. Elle m'a entendu venir, et s'est emparée du revolver du soldat. Je ne m'étais jamais battu avant, *vraiment* battu, et je lui ai décoché un coup de pied. C'est peut-être ce qui m'a sauvé la vie. Elle a tiré un coup de feu et a atteint ma cheville de plein fouet – tu sais que je marche bizarrement sur ce pied. Autrement, la balle m'aurait sans doute transpercé la gorge. Alors, je lui suis tombé dessus et nous nous sommes battus. J'ai réussi à me saisir du revolver et j'ai tiré. Quatre coups. Le premier lui a fait sauter le visage et les trois autres ont raté leur cible, mais ça n'avait aucune importance. Je ne savais plus ce qui se passait. Je tirais, les balles ricochaient en sifflant contre les murs de cette petite cour... et puis tout s'est arrêté. Tu sais, j'ai pu la voir de près, et je ne crois pas qu'elle avait plus de quinze ans. J'étais là, assis dans la poussière, éclaboussé de petits bouts de visage et de sang, tant de sang, celui du bidasse, et le sien. On ne l'a jamais identifiée. Elle n'était pas une habituée du bar, ce qui est normal, parce que les Charlies[1] n'opéraient pas comme ça. Elle travaillait pour son propre compte, et c'était visiblement une Viêt-cong. Par la suite, un type que je connaissais et qui travaillait avec moi l'a appelée « Sans-Nom ».

Annie le prit dans ses bras.

– Tu n'y étais pour rien, Bobby, murmura-t-elle.

– Je sais.

– Est-ce que tu étais sincère quand tu m'as dit que tu n'y avais plus repensé depuis longtemps ?

Ives ne répondit rien.

– Bobby.

– Tu vois ce qui arrive quand je te raconte quelque chose ? N'en fais pas une montagne. Laisse tomber. C'était... il y a longtemps.

Il la retint serrée contre lui.

– Bobby.

– Hmmm ?

– Ne t'en fais pas, je comprends.

1. Surnom donné par les soldats américains à l'ennemi nord-viêtnamien. *(N.d.T.)*

6

Quelques jours plus tard, Ives eut des ennuis en rentrant chez lui. Il avait passé l'après-midi au cinéma et avait décidé de rentrer à pied jusqu'à son appartement de Kensington. Le film ne lui avait pas plu et il s'était dit que cette longue promenade lui ferait du bien. Mais les choses ne s'étaient pas déroulées comme prévu.

Sans que rien le laisse prévoir, une forte pluie s'était soudain abattue sur la foule de cette heure de pointe. Ives traversa St. James's Street pour se joindre aux douzaines d'autres personnes qui s'abritaient en face du Ritz. C'était une averse assez virulente.

Bobby était trempé; de l'eau glacée dégoulinait le long de sa poitrine et dans son dos, et suintait à travers ses chaussettes. L'averse persistait en empirant. Tous les taxis étaient occupés. Il pouvait courir jusqu'à la station de métro de Green Park mais, si la pluie s'obstinait, le trajet jusqu'à Canning Place se révélerait désagréable, qu'il descende à Gloucester

Road ou à High Street Kensington. Le seul club qu'il connaissait aux alentours se trouvait trop loin, et les pubs n'étaient pas encore ouverts. Il commençait à regretter de n'avoir pas passé la journée chez lui. Il avait froid, il était trempé et il se sentait ridicule.

Les bus qui défilaient au pas étaient bondés, mais finalement trois n° 9 se présentèrent coup sur coup, et le dernier offrait encore quelques sièges libres. Ives monta et s'assit à l'avant, à l'étage inférieur. Avec les embouteillages, il mettrait au moins une demi-heure pour atteindre Palace Gate, mais au moins avançait-il. La pluie se serait sûrement arrêtée d'ici là. Il ferma les yeux et rêva au bain chaud qu'il prendrait en rentrant chez lui, et à Annie qu'il verrait plus tard.

On a tous connu un moment où l'on se sent indigne de l'amour que l'on inspire; on se dit que l'on a de la chance de recevoir tant d'amour. Bobby éprouvait de tels sentiments vis-à-vis d'Annie. Il était d'un naturel sombre et renfermé, mais elle ne s'en formalisait pas. Il ne la méritait pas, se répétait-il quand le bus tourna à Hyde Park Corner. Dans le passé, il n'avait jamais eu de relation stable avec une femme, et les émotions – les siennes en tout cas – n'étaient jamais entrées en ligne de compte. Au Viêt-nam, il n'avait connu que des prostituées. Avant Annie, sa vie n'avait été que néant.

Annie était fidèle et douce, malgré son refus de vivre avec lui. Cela seul importait. Elle venait quand il le lui demandait, toujours disponible quand il avait le plus besoin d'elle – et ne demandait rien en retour.

Le bus était plein en abordant Knightsbridge. Ives se trouvait écrasé contre un homme d'un certain âge, corpulent et coiffé d'un chapeau à large bord qui gouttait abondamment. Il tâcha de se tasser pour s'éloigner de lui.

Il était difficile de voir, à travers les carreaux embués, si la pluie s'était calmée. L'extérieur se résumait à une brume de ténèbres éclaboussée de néons. Devant l'autobus, Ives pouvait distinguer une guirlande de feux arrière qui s'étirait au loin. Il constata qu'il n'était plus transi. Un ventilateur d'air chaud vomissait des vagues de chaleur – une activité redondante quand tant de passagers partageaient un espace aussi réduit. *On respire le même air*, pensa-t-il, *d'une paire de poumons à l'autre, avec...*

Soudain, il eut l'impression de tomber hors de lui-même, comme si tout son sang se précipitait au centre de son corps pour s'y engloutir. Durant deux ou trois secondes, il se sentit complètement vidé – son visage n'était plus qu'un masque de peau qui ne recouvrait rien, ses membres avaient perdu toute sensibilité. Son cerveau était paralysé, incapable de formuler sa peur. Il ne pouvait même plus émettre de pensées cohérentes et des mots sporadiques flottaient dans sa tête, s'y formaient et s'envolaient comme autant de ballons indéchiffrables qu'il ne pouvait agripper.

Catatonie... faible... migraine... pas de jambes... Annie... atteindre... tournant... animal...

Knightsbridge... le parc... cinglé... tournant... parler... quoi... quoi... faire... faire... aller... atteindre... tournant... attaque... cœur... tumeur... catatonie... faire... faire... aller.. aller...

La sensation de brûlure familière envahissait ses mains. Mais ce soir une sensation de puissance croissante s'y ajoutait, comme si la vie flambait en elles pour la première fois, les rendait neuves et étranges. La sensation emplit son corps entier. Puis ses bras se levèrent, portant ses mains, doigts tendus et aussi écartés que possible, à hauteur de son visage.

Il n'avait aucune notion de ce qui lui arrivait, ni du temps qu'il passa dans cette position. À un moment, sa tête se détourna lentement et il aperçut le visage des autres passagers. La plupart semblaient inquiets, mais le gros homme au chapeau large le considérait avec une totale désapprobation, comme s'il s'était agi d'un adolescent surpris à se tripoter en public. Ives cligna des yeux, regarda de nouveau ses mains et les enfonça dans les poches de son manteau. La puissance, le feu qui jaillissaient en elles avaient disparu aussi soudainement qu'ils étaient venus.

Maintenant, il se sentait faible, malade, nerveux. Il regarda droit devant lui, essayant de déterminer où était parvenu le bus. Il longeait toujours le parc. Encore un arrêt, non, deux, et il atteindrait l'Albert Hall. Mais la circulation était toujours aussi dense. Plus que fétide, l'atmosphère était devenue irrespirable. La chaleur oppressait Ives et il crut qu'il allait s'évanouir. *Tiens bon, tiens bon.* Bobby enfouit sa tête entre ses jambes, comme on lui avait appris à le faire au lycée. En vain.

Finalement, le bus s'arrêta à un feu rouge. L'Albert Hall venait immédiatement après. Ives se leva avec difficulté. Était-ce une impression, ou les gens faisaient-ils tout leur possible pour s'écarter de son chemin ? Sa tête tourbillonnait follement et il se cogna aux gens et aux sièges. Le contrôleur, un Noir, le considérait avec une expression calme et neutre. Alors que le bus freinait devant l'arrêt, les jambes de Bobby se dérobèrent. Il se sentit tomber et s'appuya à la rambarde avec l'énergie du désespoir. Il sentit plus qu'il ne vit un groupe de personnes avancer vers lui.

– Laissez-le d'abord descendre, s'il vous plaît, tonna la voix du contrôleur tandis qu'il aidait Ives.

Puis des gens le bousculèrent, et il vit qu'il se trouvait au milieu d'une foule importante massée devant l'Albert Hall. Il changea de direction, et ce ne fut que quelques minutes plus tard, quand il eut traversé la rue et pénétré dans le parc, qu'il recouvra ses esprits.

– Je n'ai jamais souffert de claustrophobie de ma vie, répétait-il. Je me suis déjà trouvé dans des endroits encombrés, ou étouffants, et ça ne m'a jamais posé de problèmes.

– Eh bien, alors, c'était la première fois, répondit Annie. C'est exactement à ça que ça ressemble – de la claustrophobie.

– Non, ça, c'était après, quand j'ai voulu descendre du bus.

Il avala une nouvelle cuillerée de miel.

– C'est comme si on m'avait attaqué, ou frappé. Au début, j'étais éteint, absent, comme quand tu m'as trouvé chez Harrods.

– Oui.

– C'était bizarre. D'accord, j'ai peut-être fait un peu de claustrophobie, mais l'important ne se situe pas là. Tout comme je sais qu'il ne s'agissait pas d'une migraine chez Harrods.

Annie lui donna une petite bourrade.

– Écoute, bêta, dans les deux cas, les symptômes sont ceux d'une forte migraine. À chaque fois déclenchée par la présence d'une foule. Tu n'as jamais eu de problèmes de migraine auparavant, non ?

– Non.

– Alors, tu n'as aucune idée de ce à quoi ça peut ressembler. Bobby, une crise de migraine un peu grave est bien pire qu'un simple mal de tête. On peut brusquement être frappé de cécité, ou ne plus tenir debout.

– Eh bien...

– Va donc voir un docteur.

– Un docteur ne servira à rien.

– Essaie, au moins. Tu n'as rien à perdre.

Il savait que c'était une solution raisonnable, mais l'idée ne lui plaisait pas du tout. Il n'était même pas sûr de pouvoir décrire correctement ce qui lui était arrivé chez Harrods et dans l'autobus et... les autres fois. Les fois dont Annie ne savait rien.

– La médecine est nationalisée, ici, objecta-t-il sans grande conviction. Je suis un étranger.

– Ça n'a aucune importance. Je préviendrai

mon médecin et je prendrai rendez-vous pour toi. Il n'y aura pas de problème.

– D'accord, dit-il au bout d'un moment, je vais le faire.

– Bien.

Annie le serra contre elle.

– Je téléphonerai au Dr. Domicile dans la matinée.

Ils étaient comme ça, tu sais, serviables. Pendant la journée. Serviables, amicaux, courtois, ils se mettaient en quatre pour t'être utiles, mais ils ne cherchaient qu'à te faire tenir tranquille, et la nuit ils étaient de l'autre côté de la barrière à nous descendre l'un après l'autre, peut-être qu'ils ne te tuaient pas mais les blessures, les pièges toujours tendus pour toi et c'est eux qui étaient responsables ceux qui étaient à tes côtés toute la journée merdemerdemerde.

– Et ne fais pas de plaisanteries sur son nom; tout le monde en fait, le prévint Annie.

– Ça ne servirait à rien.

Ives tapotait distraitement la paume de sa main avec une petite cuillère.

7

Le cabinet du Dr. Domicile se trouvait dans une maison typique de brique, aussi douillette que banale, dans une rue calme de Chiswick. Annie avait eu raison : le praticien était un quinquagénaire aimable et détendu, aux manières compréhensives et rassurantes, l'image même du médecin de famille idéal – à l'exception de la légère aberration que constituait sa coiffure bouffante.

Malheureusement, comme Ives s'y était attendu, leur discussion ne déboucha sur aucune conclusion d'ordre pratique. Après un bref historique sur son passé médical, Bobby rapporta aussi fidèlement qu'il le put ce qui lui était arrivé chez Harrods et dans le bus. Le Dr. Domicile dodelinait du chef et souriait, comme s'il rencontrait ce genre de cas chaque semaine.

– Et ce sont les deux seules occasions où ça c'est produit ? demanda-t-il quand Ives eut terminé.

– Oui, mentit ce dernier.

– Je vois. Eh bien, je ne crois pas que ce soit autre chose qu'une petite variété de cette bonne vieille migraine. Peut-être augmentée d'une réaction à la foule.

– Mais ça ne m'était jamais arrivé auparavant. Jamais.

Ives était agacé. Annie lui avait déjà dit ça et si le Dr. Domicile n'avait rien d'autre à lui offrir... Il aurait mieux fait de rester chez lui.

– Peu importe, mon garçon. Il y a un début à tout...

– Est-ce que ça pourrait être une tumeur ?

C'était la pire éventualité qu'il puisse envisager, mais il fallait qu'il pose la question.

Le Dr. Domicile eut un petit rire. Les patients les moins atteints étaient toujours ceux qui s'inquiétaient le plus.

– Non, je vous le certifie. Mais dites-moi, est-ce que vous mangez et dormez suffisamment ? Vous m'avez l'air plutôt fatigué et vos traits sont tirés.

– Je mange parfaitement bien, des produits diététiques. Et je prends de grandes quantités de vitamines, également.

– Bien...

– C'est quoi, une migraine, exactement ? demanda Bobby.

– En termes simples, c'est une douleur dans la tête, répondit le Dr. Domicile avec un nouveau petit rire, habituellement cantonnée à une seule portion de la tête, d'où l'étymologie du terme. D'ordinaire, la douleur est bénigne, mais elle peut devenir assez importante. Ça va et ça vient, et nous n'y pouvons pas grand-chose. Une de ces afflictions mal connues, mais très courantes. On dit même que c'est la maladie nationale.

– Ce qui m'est arrivé – vous estimez qu'il s'agit de douleurs modérées ou fortes ?

– Plutôt modérées, à mon avis. Vous ne semblez pas avoir ressenti de douleur intense.

– Non, en effet, rien d'intense, confirma Ives.

Il s'interrogeait : à vrai dire, il n'avait subi aucune douleur.

– Mais vous n'êtes pas absolument certain qu'il s'agisse de migraines, non ?

Il était décidé à arracher quelque chose de concret au praticien.

– Ça y ressemble beaucoup, répondit le Dr. Domicile d'un ton égal.

– Mais il n'y avait pas que ma tête; il y avait aussi tout – tout mon corps.

– Oui. Je pense que la meilleure chose à faire est de vous ménager, de vous surveiller et d'éviter les situations similaires. Avez-vous déjà consulté un psychologue ?

Ives admira la façon nonchalante dont le Dr. Domicile avait amené la question, comme si l'idée lui en était venue fortuitement.

– Vous voulez dire un psychiatre ?

– Non, un psychologue.

– Aucune importance – j'ai vu les deux.

– Récemment ?

– Il y a quelques années.

Le Dr. Domicile cligna des yeux avec lenteur, comme s'il s'assurait du fonctionnement correct de ses paupières.

– Croyez-vous que ce serait une bonne idée de revoir un spécialiste ? Je peux...

– Non.

Le Dr. Domicile cligna à nouveau des yeux, puis, apparemment satisfait, il esquissa un sourire.

– Pourquoi pas ?

– Mon problème est d'ordre physique.

– En effet. Mais le physique et le psychique sont interdépendants. L'état psychologique d'un individu affecte directement son état de santé général, et son bien-être. Vous...

– En toute honnêteté, je ne pense pas que revoir un psy m'aiderait, affirma Ives. Du moins pour l'instant. Si les crises venaient à se répéter, alors...

Ives laissa la fin de sa phrase en suspens.

– Si les crises se répètent, appelez-moi, et repassez me voir, proposa le Dr. Domicile.

– Si ça se reproduit et que ça empire, que pourrez-vous faire ?

– Je peux vous prescrire des médicaments. Si ça devient vraiment intenable, nous pourrons faire quelques examens, mais je suis sûr que nous n'aurons pas à en arriver là.

– Je l'espère bien, dit Ives. Merci, docteur.

8

Bobby et Annie se promenaient dans Soho, bras dessus, bras dessous. Ils s'étaient retrouvés dans l'un des clubs de Bobby pour y prendre un verre et allaient manger, à présent. Ils rejetèrent plusieurs endroits qui semblaient bondés, pour dénicher un petit restaurant chinois presque vide. Ils entrèrent, s'assirent et commandèrent leur repas. Une semaine s'était écoulée depuis la visite de Bobby chez le Dr. Domicile, une semaine sans incidents.

Annie venait de suggérer un petit voyage de quelques jours. Elle pensait qu'un séjour à la campagne ferait du bien à Bobby. Il acquiesça, mais sans enthousiasme.

– J'ai toujours vécu dans des villes, souligna-t-il. Je crois que je me sentirais un peu bête à la campagne, au milieu de toute cette nature. Question état sauvage, les parcs suffisent à mon bonheur.

– Si tu ne t'y plais pas, nous pourrons toujours rester enfermés dans la chambre d'hôtel.

– Tu t'y engages formellement ?

– Je suis sûre que tu t'y plairas, Bobby. C'est une excellente idée, pour toi comme pour moi, de quitter Londres. Dès que le temps se réchauffera.

– Comme tu veux.

Ives haussa les épaules.

– Mais je n'ai aucune idée de l'endroit où nous pourrions aller.

– Je choisirai. Les Costwolds, peut-être. Je n'y suis jamais allée, et on dit que c'est très beau.

Annie mentionna d'autres possibilités en attendant que le repas soit servi. Alors qu'ils commençaient à manger, Bobby l'interrompit :

– Il faut que je te raconte quelque chose.

– Quoi ?

– Heu, c'est un peu compliqué.

– Oui ?

Annie le regardait, attendant calmement.

– C'est une chose qui s'est passée il y a quelques mois, juste après mon arrivée à Londres. Je n'en ai pas parlé au Dr. Domicile parce qu'il m'aurait cru cinglé, et je ne voulais pas te tracasser avec ça, mais maintenant, je crois qu'il faut te le dire. Je veux que tu le saches.

– Pour l'amour du ciel, de quoi s'agit-il, Bobby ?

– Je veux que tu m'écoutes sans m'interrompre : si tu veux faire une remarque ou poser des questions, attends que j'aie terminé. C'est une histoire complexe.

– D'accord.

Annie avait commencé à manger mais elle quittait à peine Bobby des yeux.

– O.K. Je t'ai déjà parlé de réincarnation, commença-t-il. Eh bien, je suis certain d'avoir vécu dans le passé. Je ne plaisante pas. J'ai connu au moins une existence antérieure. Je sais qui j'étais, ce qui m'est arrivé, mais je ne comprends pas ce que tout cela signifie. Ce n'était pas un rêve : plutôt un éclair qui m'a frappé, alors que je me promenais dans Hyde Park un matin. Ça a commencé... à m'éclater dans la tête. Des fragments, des petits bouts, au début, comme des lumières qui clignotaient, et puis de plus en plus d'éléments. Ça a duré pendant presque une heure. Le tableau était complet, comme une révélation. Non, ça n'est pas le mot exact. Plutôt un souvenir très net, un incident d'enfance qui referait surface, clairement, des années plus tard. Ça arrive comme ça, sans raison apparente, déclenché par un détail que tu n'as pas remarqué. En tout cas, c'est ce qui m'est arrivé dans le parc, ce jour-là. Mais il ne s'agissait pas d'un souvenir d'enfance; c'était une existence complètement différente. La mienne, à une autre époque.

» La vision a débuté par une traversée en mer, sur un très vieux bateau. Je ne connais rien de mon passé avant ce moment précis. Je devais avoir une vingtaine d'années. Mon nom était Robert Versipelle. Je ne me rappelle pas grand-chose de ce voyage, sinon que j'avais tendance à ne pas me mêler aux autres et que le temps m'a paru très long. Mais la raison de ma présence sur le navire et ma destination demeuraient un mystère complet. D'où est-ce que je venais ? Où est-ce que j'habitais ? Je ne savais pas quel port nous avions laissé derrière nous.

» Et puis un jour, le bateau a connu une grande agitation. Nous avions atteint notre destination – ou, plus précisément, ma destination – car le navire ne faisait escale que deux jours. C'était une île du nom de Guadeloupe, et nous accostâmes aux quais de Pointe-à-Pitre. J'ai vu qu'on débarquait mes bagages – quelques valises et une petite malle – et j'ai su que c'était toute l'étendue de mes possessions et que j'avais dû venir sur cette île pour m'y installer. Mais je n'étais sûr de rien. Cette île m'était étrangère; je ne savais pas ce que je venais y faire.

» Deux Noirs m'accueillirent. Ils connaissaient mon nom. Ils se chargèrent de mes bagages et me menèrent vers une voiture – une simple carriole attelée d'un cheval, avec une capote pour se protéger de l'ardeur du soleil. La journée était déjà très chaude. Mes vêtements ruisselaient littéralement de sueur. Je ressentais une trouble nausée et je crus que j'allais défaillir. Mais j'étais surtout inquiet. Qui étaient ces gens, et où m'entraînaient-ils ?

» Le plus âgé des deux hommes s'assit à l'arrière de la carriole, à côté de moi. Il était très maigre et avait l'air lugubre. Tout de suite, ou presque, il commença à marmonner, fixant le plancher, comme s'il avait peur de s'adresser directement à moi. La conversation était difficile pour lui comme pour moi, mais je finis par comprendre les faits suivants. Nous nous rendions à la propriété de mon frère, Charles. Je ne savais même pas que j'avais un frère, mais cela semblait justifier ma présence en Guadeloupe. Toutefois, comme si ces étonnantes nouvelles ne suffisaient pas, j'appris que Charles venait de mourir, la nuit précédente, de quelque fièvre tropicale inconnue.

» J'en appris vite davantage. Charles était le propriétaire d'une exploitation minière dans les collines à quelques kilomètres de Pointe-à-Pitre. Il vivait dans une vaste maison, à proximité des mines. Plusieurs dizaines de Noirs travaillaient pour lui et vivaient avec leurs familles dans des huttes primitives érigées sur ses terres.

» Les serviteurs m'installèrent dans la maison et pourvurent à tous mes besoins, mais je ne glanai que peu d'informations utiles auprès d'eux. Leur anglais était rudimentaire et je ne comprenais pas leur dialecte local. Charles avait été enterré quelques heures après son décès, une pratique assez courante sous de tels climats, particulièrement dans le cas d'un cadavre porteur de maladie. Je découvris une photographie de lui. Je ne reconnus pas son visage. Et pourtant, à l'évidence, cet homme avait été mon frère.

» Durant les jours qui suivirent, je rencontrai de nombreuses personnes. Je n'ai pas retenu leurs noms. Un médecin, un policier, un avocat, le contremaître de la mine, des ouvriers, et d'autres encore. Charles avait su qu'il allait mourir et avait espéré vivre assez longtemps pour me revoir. Il avait laissé un testament, où il me léguait toutes ses possessions : la maison, les terres, les mines et son argent. Sans représenter une somme fabuleuse, l'héritage était important.

» Je ne savais plus que penser. Je me retrouvais brusquement plongé dans une situation extraordinaire. Tout ce que Charles avait possédé m'enveloppa comme le manteau d'un rôle. Cette nouvelle identité me convenait à merveille. Je pouvais oublier l'énigme de mon passé et recommencer en Guadeloupe une nouvelle vie, une vie qui possédait un présent et un avenir. Je ne pouvais regretter Charles, qui n'était pour moi qu'un étranger. Mais j'éprouvais de la reconnaissance envers lui.

» Dès lors, mon attitude me surprit. Je m'absorbai complètement dans les affaires de mon défunt frère, me mettant au courant de tout, allant jusqu'à faire venir du continent de nombreux manuels sur le travail de la mine et la géologie. J'aurais pu jouir d'une existence oisive, comme il semblait que Charles l'avait fait, me contentant de tout superviser et de fréquenter la poignée de privilégiés de l'île. Pourtant, je choisis de travailler, ne me rendant à Pointe-à-Pitre que pour mes affaires.

» Plus je me familiarisais avec mon travail, plus je devenais une sorte de reclus. Même mes contacts avec mes ouvriers s'espacèrent. Dès le début, j'avais trouvé les Noirs effacés, évasifs, voire craintifs en ma présence. J'en ignorais la raison : je me bornai à supposer qu'ils se comportaient ainsi devant tous les Blancs. On m'avait dit qu'ils étaient superstitieux, ce qui ne me dérangeait pas tant que cela ne les empêchait pas de bien accomplir leur tâche. Ils travaillaient de façon tout à fait satisfaisante.

» La maison subit des changements graduels, parallèles aux transformations de ma nouvelle position et de mes buts. J'accumulai une vaste collection d'échantillons minéraux et de gemmes – fruits de mes recherches géologiques. J'édifiai un petit laboratoire et j'entrepris d'importer des livres et des équipements par caisses entières. La chambre d'hôte de mon frère devint une bibliothèque. Mes intérêts s'étendirent tout naturellement à la biologie. Des poissons tropicaux de nombreuses et fascinantes variétés vivaient dans les torrents de montagne et les insectes tropicaux abondaient en quantités et en espèces. La maison fut bientôt pleine d'aquariums, de fioles à spécimens, et de tous les autres ustensiles inhérents à mes études.

» J'inclinai tout d'abord à consacrer la totalité de mon temps à la recherche, mais je réservais un moment chaque jour pour superviser les travaux de la mine. J'aurais pu m'en dispenser, car je disposais d'un bon contremaître et d'un comptable honnête, et tout se déroulait sans incidents; mais je voulais rester présent et me tenir au courant – en partie par obligation envers Charles, mais aussi par respect envers le travail lui-même, qui me permettait d'avoir le temps et l'argent nécessaires à la poursuite de mes travaux scientifiques.

» Tout n'était cependant pas parfait. Je connaissais des difficultés avec la famille de serviteurs qui veillaient sur la maison. Déférente et respectueuse aux premiers temps, leur attitude vira à la crainte et à la réserve. Peut-être ma science d'homme blanc les inquiétait-elle. Ou se sentaient-ils dépossédés du contrôle de la résidence : je leur interdisais d'entrer dans les pièces où j'œuvrais. Quelles qu'aient été leurs raisons, mes relations avec eux se dégradaient.

» Mon tourment principal, toutefois, venait de mon incapacité à apprendre quoi que ce soit sur mon propre passé ou celui de Charles. En dépit de tous mes efforts et de toute mon activité, je ne pouvais complètement abstraire de mes pensées le lancinant mystère de mon arrivée. Je lus des dizaines, des centaines d'archives, de lettres et de paperasses diverses, mais Charles demeurait une énigme, son passé était aussi impénétrable que le mien. La maison, la terre et ma profession n'avaient rien changé à ma solitude. Si parfois mes pensées prenaient un tour morbide, je parvenais à les repousser pour consacrer toute mon énergie à mon travail. Mais les questions persistaient.

» Je ne sais combien de temps j'ai vécu en Guadeloupe : je n'avais aucune notion de l'écoulement du temps. À mon arrivée sur cette île, j'étais un jeune homme de vingt ans environ. Ensuite, il ne me sembla pas vieillir mais *être* plus vieux. Ma nervosité et ma timidité initiales cédèrent le pas à une sensation de calme et de maîtrise, du moins dans les aspects les plus physiques de mon existence, et à une aptitude nouvelle à traiter avec les gens qui entraient en contact avec moi. Je suppose que je parvenais à maturité de façon rapide, mais la notion du temps écoulé m'échappait complètement. Les longs après-midi avaient-ils l'anormale durée que rapportaient certains ? Je l'ignore. La nuit tropicale survenait-elle brutalement, comme tombe un rideau de ténèbres ? Je n'en ai pas la moindre idée. Le temps passait comme il fallait qu'il passe.

» C'est alors que les problèmes commencèrent.

9

Un dôme de silence sembla surplomber la table tandis que le serveur versait une nouvelle tasse de café à Annie. Ives acheva la bouteille de Perrier et regarda pétiller le liquide dans son verre.

– Un soir, après dîner, poursuivit-il, j'étais en train de compulser divers papiers, noter des observations, établir une nouvelle liste de livres et de matériel que je comptais commander. J'aimais boire un verre et organiser mes projets avant d'aller me coucher. Mais cette soirée était différente des autres. Le temps, lourd et moite, me plongeait dans l'inconfort alors même que j'étais assis sans bouger. L'air était si oppressant que j'avais l'impression de haleter sans cesse. C'était inhabituel. Dans les montagnes, des brises fraîches parcourent toujours l'air de la nuit.

» De plus, je pouvais percevoir de la musique et des chants, non loin. J'avais déjà eu l'occasion de les entendre et j'avais simplement supposé que mes employés accomplissaient une de leurs cérémonies religieuses. Du vaudou. La conversation portait souvent sur ce sujet quand nous nous réunissions entre Blancs, mais je ne m'y étais jamais intéressé. Tant qu'ils ne causaient aucun problème, pourquoi les persécuter à ce sujet ? Mais cette nuit-là, la musique semblait receler une intensité particulière, presque effrayante. La chaleur, mon verre d'alcool et la rumeur m'empêchaient de me concentrer sur les documents que je lisais, aussi les posai-je pour sortir sur la véranda. L'air n'y était pas plus frais, mais je distinguais plus nettement les sons. Je me reprochais de ne pas avoir fait l'effort d'apprendre le langage indigène. Je pouvais discerner certaines phrases, mais leur sens m'échappait complètement. *Loa* – ce mot revenait souvent.

» C'était la première fois depuis mon arrivée en Guadeloupe que j'éprouvais de la curiosité envers les indigènes et leurs activités. Je posai mon verre et m'éloignai en direction de la musique. Je pénétrai bientôt dans l'ombre profonde de la forêt tropicale. J'avançais avec précaution, en dépit de ma connaissance du terrain, car je ne voulais pas déranger les indigènes. L'humidité de l'épaisse végétation eut tôt fait de me tremper. Je ne sais combien de temps j'ai progressé dans l'obscurité – les sons semblaient flotter partout dans l'air autour de moi, impossibles à localiser précisément. Mais je perçus enfin une fugace clarté devant moi. Je m'approchai, et la vis de nouveau : un petit feu dansait à cinquante mètres à peine. Je m'approchai lentement jusqu'à pouvoir distinguer des silhouettes dans une lumière diffuse.

» Des individus dansaient et chantaient à voix basse. Ils appartenaient probablement à mon personnel, mais j'étais encore trop éloigné pour m'en assurer. Non que cela eût présenté une importance; je ne m'intéressais qu'à ce qu'ils faisaient, non à leur identité. En plus du groupe qui chantait et dansait, je remarquai d'autres silhouettes tassées sur le sol. Il me fallut plusieurs minutes avant de comprendre ce qu'ils faisaient. Le rythme de la mélopée et de la danse s'accéléra soudain. Les hommes qui venaient de se lever rejoignirent les danseurs. Je ne pouvais toujours pas voir d'où arrivait la musique, mais je devinais d'autres personnes au-delà du premier cercle, dans les ombres.

» Je m'étais mis à quatre pattes, m'avançant ainsi le plus près possible. Le dernier homme à s'être relevé distribua à chacun des portions – je ne sais de quoi – qu'ils mangèrent. Je progressai encore, pour m'arrêter brutalement : la peur venait de me paralyser. Ils mangeaient des morceaux de viande crue, et j'apercevais une carcasse déchiquetée par terre. C'était un animal. J'étais complètement choqué. La cérémonie m'apparut soudain profondément répugnante. Je me détournai pour m'en aller aussi vite que possible. J'en avais déjà trop vu. Je ne me rappelais plus exactement le chemin que j'avais emprunté pour venir, mais je savais qu'en descendant le flanc de la colline, j'aboutirais à la propriété. Bien plus tard, j'appris que les indigènes accomplissaient un rite qu'ils nommaient *manger morts*, un festin dédié aux morts. Un festin !

» Je fis une courte pause pour reprendre mon souffle, adossé contre un arbre. Je tremblais encore – en fait, j'étais tellement troublé que, quand ma tête toucha l'écorce rugueuse, je crus que la musique, cette musique vaudou, provenait *de l'intérieur* du tronc. L'arbre semblait doté d'un cœur qui palpitait sourdement. Je bondis en avant, scrutai l'arbre. Mais ce n'était qu'un arbre ordinaire, et j'eus honte de ma propre peur. J'étais en train de me reprocher ma bêtise quand la nuit m'apporta un nouveau bruit.

» La forêt tropicale n'est pas telle qu'on se l'imagine généralement. La notion commune d'une profusion végétale qui grouille de singes et d'oiseaux bruyants est fausse. Malgré la faune variée, la forêt est silencieuse, oppressante et lugubre. Un calme surnaturel, presque menaçant, qui glace ceux qui y sont confrontés pour la première fois. J'avais passé des centaines d'heures dans la forêt, mais le trépignement du sanglier ou le craquement d'une branche qui s'abat demeuraient pour moi des bruits exceptionnels. L'écho que je venais de percevoir n'appartenait pas à la forêt. Il suggérait une avancée précautionneuse et délibérée.

» Je savais que j'avais laissé le site du rituel vaudou à une distance considérable derrière moi. Leur musique n'arrivait plus jusqu'à moi que faiblement. Si l'on m'avait suivi, je l'aurais probablement remarqué plus tôt. Et si j'étais parvenu aux abords du village, où l'un ou l'autre de mes employés pouvait être en train de se promener, j'aurais dû voir des lumières, saisir d'autres bruits, plus familiers, les pleurs d'un bébé, par exemple; je n'avais pas pu m'écarter tellement de ma course. J'attendis quelques instants encore.

» De nouveau, le même bruit. Plus de doute, quelqu'un se rapprochait. Mais cette fois-ci, le son provenait d'une direction diamétralement opposée, évoquant un mouvement d'encerclement. Je faillis élever la voix, exiger de savoir qui était là, mais l'instinct balaya immédiatement cette idée et me poussa à fuir. J'avais entendu raconter suffisamment d'histoires de Blancs mystérieusement assassinés dans la forêt pour n'avoir aucun désir d'en vérifier l'authenticité.

» Il est impossible de courir sur ce genre de terrain, mais je me déplaçais rapidement, ignorant les branches qui me giflaient le corps et le visage. Ma fuite devait être extrêmement bruyante, mais je pouvais entendre d'autres craquements dont je n'étais pas l'auteur – le fracas d'une poursuite qui m'aiguillonnait. Je savais que je ne rêvais pas, parce que dans un rêve, quand tu essaies désespérément de fuir, tu t'aperçois que c'est impossible, que tous tes efforts sont futiles. Tu cours, tu cours, et tu n'aboutis nulle part. Mais moi, je progressais, courant à demi, trébuchant, rampant à travers les denses sous-bois.

» Tout à coup, je perdis pied et m'étalai au

centre d'une clairière. Je demeurai là une minute, à haleter, paralysé de peur. Quand je me remis debout, deux découvertes me frappèrent : une lumière brillait au loin, et la silhouette d'un homme se dirigeait vers moi. Je crus avoir atteint la maison, qu'un de mes serviteurs venait à ma rencontre. Mais je m'aperçus instantanément des anomalies de sa démarche. Quand l'inconnu pénétra dans la clairière, la clarté lunaire me montra un véritable géant, qui atteignait presque deux mètres trente de hauteur; je vis ses vêtements en haillons, son visage et ses bras couverts de plaies répugnantes et ouvertes, d'où suintaient le sang et le pus, ses cheveux immondes qui grouillaient de vers. Durant les deux ou trois secondes qu'il fallut pour que cette vision s'enregistrât, je remarquai un autre trait de la créature : ses yeux, ces yeux que j'avais déjà vus sur une photographie – ceux de mon frère Charles.

» Et il s'écroula sur moi, ses bras immenses me broyant contre sa poitrine. Une odeur de mort et de décomposition m'emplissait la bouche et les narines, me suffoquait alors que j'essayais de hurler. Je luttai, mais en pure perte. L'abominable créature continuait à me griffer, à me cogner le visage et à s'acharner sur ma chemise comme s'il cherchait à atteindre ma gorge. Ma main trouva une pierre, trop grosse pour être facilement maniable mais qui servirait d'arme, malgré tout. Je commençai à en frapper sa tête, ce qui produisit un effroyable craquement. La créature écrasa sa face contre ma poitrine et y arracha un lambeau de chair. Je hurlai, saisi de panique, et abattis la pierre à deux mains sur le crâne. J'ai dû réduire cette tête en bouillie. Mais je n'entendais plus rien, je ne voyais plus rien, et mes mains tombèrent à terre. Je crus que j'étais en train de mourir.

» Je me réveillai dans mon lit, durant l'après-midi qui suivit. Mes serviteurs avaient entendu mon dernier cri et m'avaient découvert, seul et inconscient. Mon corps était couturé de coupures et bardé d'ecchymoses, pour la plupart superficielles. Seule la plaie de ma poitrine était particulièrement vilaine. Je m'étais également fracturé la cheville en tombant dans la clairière. Et je me trouvais en état de choc – rien d'étonnant à cela. Le docteur me rendit visite chaque jour durant les deux semaines qui suivirent, car il craignait que la gangrène ne s'installât dans la blessure de ma poitrine, mais sa vigilance fut récompensée, et la plaie guérit sans autre complication.

» Une fois rétabli, ma cheville dans le plâtre, je rôdai dans la résidence, méditant sur les événements de cette nuit singulière. Comment avais-je pu voir mon frère ? Existait-il un rapport entre cette apparition et la cérémonie païenne à laquelle j'avais assisté ? Je ne croyais pas aux fantômes. Et même si l'explication était là, quelle raison aurait eue Charles de m'attaquer ? Et cet arbre que j'avais cru vivant ? Voilà qui démontrait sans conteste l'état de nervosité dans lequel je me trouvais. On ne pouvait accepter mes impressions comme objectives. Pourtant, les blessures qui couvraient mon corps étaient réelles. Fallait-il y voir exclusivement les conséquences de mon imagination et de ma fuite hystérique à travers la forêt ? Une branche d'arbre avait pu ouvrir cette plaie sur ma poitrine, j'avais pu rêver cette créature ressemblant à mon frère. Je voulais croire que tout cela n'était que le fruit de mon imagination exacerbée par le rituel vaudou. Mais le souvenir de cette abomination demeurait tellement vivace, tellement réel...

» Je restais chez moi, assis, jour après jour, à ne rien faire que songer. Cette fois, je ne pouvais chasser mes idées noires, en dépit de tous mes efforts. J'abandonnai complètement mes affaires aux mains de mes assistants. Je délaissai mes recherches, incapable désormais de fixer mon attention. Je dus devenir d'une inquiétante morbidité car, à partir de cette date, mes serviteurs et mes employés se montrèrent plus craintifs et plus mal à l'aise que jamais en ma présence et se comportèrent comme des animaux apeurés, soucieux de s'éloigner de moi aussi vite que possible. À mon tour, je commençais à les mépriser, les associant tous au spectacle auquel j'avais assisté. En conséquence, mes affaires périclitèrent lentement, la production déclina et la banque me harcela de demandes de rendez-vous que je me refusais à prendre en considération. Les clients se plaignaient d'être mal servis. Mais j'étais trop loin de ce genre de préoccupations pour m'en soucier.

» En quelques semaines, je commençai à me

sentir malade. Je fis venir le docteur à de nombreuses reprises, mais il ne sut rien diagnostiquer. Je souffrais de violentes migraines, de crampes abdominales, et les muscles de mes membres semblaient être en feu. Aucun des médicaments qu'il put me fournir n'eut d'effet; les examens ne révélèrent rien. Au début, le praticien m'avait pris pour un hypocondriaque, mais je devinai par la suite à son expression de triste résignation qu'il se doutait de la nature véritable du mal – celui-là même qui avait emporté Charles. Quand je lui exposai mes soupçons, le médecin hocha douloureusement la tête et m'avoua qu'il ne pouvait rien faire, sinon m'administrer de la morphine quand la souffrance deviendrait trop grande. Il m'annonça qu'il ne me restait qu'environ trois mois à vivre.

» Je soumis mon sang à de nombreuses analyses, en un effort pour comprendre la nature de l'infection, mais je n'appris rien. Je n'étais qu'un savant amateur, entièrement autodidacte, et les limites de mes connaissances se refermèrent autour de moi comme une barrière métallique. Je ne savais plus que faire. J'étais même incapable de rédiger mes dernières volontés. À qui aurais-je bien pu léguer ce que je possédais ? Je ne connaissais, je n'aimais personne. Je songeai à fermer les mines, à les détruire à la dynamite pour me venger de ces gens que je blâmais de ma condition. Qu'ils trouvent donc du travail ailleurs; mieux encore, qu'ils crèvent de faim.

» Tandis que ma maladie empirait, je commençai à porter en permanence sur moi des pistolets chargés. Je restais enfermé à longueur de journée, accumulant mes forces pour pouvoir parcourir ma propriété à la tombée du jour, comme en patrouille. J'étais intimement persuadé que mes employés conspiraient à ma perte – et j'espérais que c'était bien le cas. Qu'ils tentent donc un coup de force : je les attendais de pied ferme. S'ils parvenaient à me tuer, tant mieux; ils m'épargneraient les ultimes horreurs de la maladie. Et j'entraînerais une partie de ces démons avec moi. Mais ils restèrent à l'écart durant mes expéditions nocturnes. De temps à autre, il me semblait les entendre dans les buissons, ou entrevoir un mouvement furtif dans les ténèbres. Parfois, il m'arrivait même de tirer un ou deux coups de feu, simplement pour qu'ils sachent que je veillais. Ils devaient me croire fou. Je l'étais peut-être.

» Un matin, en m'éveillant, je découvris que, par endroits, ma peau était plissée, ridée : la maladie venait d'entamer une nouvelle phase, plus terrifiante encore. Était-ce le début de ce que j'avais vu sur la créature, cette nuit-là, cet amas de plaies ouvertes, d'où suintaient perpétuellement le sang et le pus ? Les jours passèrent, et mes craintes se confirmèrent, tandis que ces horribles pustules croissaient de façon alarmante. Je ne pouvais pratiquement plus quitter mon lit, où je me tordais dans d'effroyables souffrances. Je me débattais jusqu'à l'épuisement et sombrais dans un sommeil agité pendant deux ou trois heures, dont je m'éveillais en hurlant de douleur. Le docteur revint, m'administra de la morphine, secoua la tête et partit sans mot dire. La drogue m'apporta un peu de paix, et je m'abîmai dans un profond sommeil sans rêves.

» À mon réveil, je me sentis beaucoup mieux. Mon appétit semblait être revenu, ce qui suggérait que j'avais peut-être dormi toute une journée – voire plus longtemps encore. Mes bras et mes jambes étaient couverts d'épais bandages, mais je ne sentais plus qu'une légère douleur. La maladie avait-elle franchi un stade critique ? Allais-je survivre, par miracle ? Je pouvais à peine y croire, mais tout semblait possible sur cette île étrange.

» J'allai jusqu'à la pièce qui donnait sur la façade. La pendule indiquait une heure du matin, à ce que démontraient les ténèbres extérieures. C'est alors que je l'entendis à nouveau – cette mélopée ! Ils avaient recommencé leurs activités dans les collines. Une bouffée de colère m'envahit, pour se dissiper presque aussitôt. J'étais trop content de l'amélioration de mon état pour laisser les Noirs m'irriter. La seule chose que je voulais leur dire, c'était : "Tout va bien, maintenant, tout est fini, je suis débarrassé de cette maudite maladie."

» Je sortis sous la véranda, et laissai la porte se refermer bruyamment derrière moi. Comme je me tenais là, debout, à savourer l'air de la nuit pour la première fois depuis des mois, j'entendis quelqu'un bouger dans la pièce. Puis un de mes serviteurs parut sur le seuil. Quand il me vit, ses yeux s'écarquillèrent, et il poussa une exclamation épouvantable. Il disparut à l'intérieur de la résidence. J'étais tellement stupéfait de cette réaction que j'en négligeai de lui dire quoi que ce soit avant qu'il ait pu s'enfuir. Mais quelques instants plus tard, il surgit à nouveau, courant le long de la maison, une lanterne à la main. Il me jeta un bref coup d'œil, hurla encore et s'en fut à toutes jambes par le sentier qui menait au village des ouvriers. Je fis des signes de la main et je tentai de le héler, mais il avait déjà disparu. *Quel idiot*, pensai-je. *Il vaut mieux que j'aille le chercher; sinon il va tous les exciter et ils ne feront rien demain.* Ennuyé, je suivis ses traces.

» Le village était distant d'environ un kilomètre. Je n'avais pas besoin de lanterne pour m'y rendre. En chemin, je perçus une rumeur, des cris, loin devant moi, qui se mêlaient à la musique qui descendait des collines. Ce serait pour moi une excellente occasion d'affirmer de nouveau mon autorité et de reprendre l'exploitation en main.

» Une lumière clignotait à mi-distance. Puis je les vis, en un groupe de dix ou douze personnes, qui portaient des lanternes et des machettes d'argent luisant. Je m'arrêtai et poussai un juron. J'avais laissé mes pistolets à la maison. Il n'y avait donc qu'une solution : essayer de les calmer en leur parlant. Je ne doutais pas d'y parvenir, car ils se laissaient facilement impressionner par la parole des

Blancs. Quelques instants durant, nous nous fîmes face dans les ténèbres et ils commencèrent à avancer sur moi, lentement. Ils marmonnaient quelque chose à l'unisson, et cela s'enfla pour devenir un chant. J'allais parler, mais je compris ce qu'ils psalmodiaient, et je fus glacé de peur, d'horreur : *Zombie ! Zombie ! Zombie !*

» J'ai essayé de hurler, mais aucun son ne sortit de ma gorge. J'étais frappé de mutisme, capable uniquement de gestes futiles.

» *Zombie ! Zombie ! Zombie !*

» Comme pour une cruelle plaisanterie, la compréhension illumina brutalement mon cerveau. J'étais déjà mort. Comme mon frère Charles avant moi, je m'étais relevé d'entre les morts, créature à demi humaine, sans voix ni but. Un mort vivant, un zombie... Charles, en m'attaquant, m'avait transmis la malédiction.

» Les ouvriers le savaient depuis longtemps, ils avaient compris avant moi ce qui s'était passé. Ils se dressaient face à moi et je voyais les gris-gris et les fétiches qu'ils portaient pendus au cou, des figurines d'animaux qui ressemblaient à des chiens, à des serpents, à des oiseaux. Puis, comme des jets de feu glacé, leurs lames d'argent filèrent vers mon cœur. La dernière chose que j'entendis fut la mélopée vaudou.

» Un peu plus tard, je vis mon corps, étendu sur le sentier dans la clarté grise de l'aube; des mouches bourdonnaient au-dessus de ma tête. Ma poitrine avait été percée et déchiquetée, mais il n'y avait pas de sang. Les morts ne saignent pas.

» C'est ainsi que s'acheva cette vision de moi-même. Et je me suis retrouvé seul, vivant à nouveau, dans Hyde Park.

10

Vendredi après-midi : un froid soleil de février qui fraîchit encore tandis que le ciel se fait d'ardoise. Ives est seul, appuyé à la barrière basse de fer forgé qui encercle le Speke Monument. Le parc contient des sections plus intimes, mais son obélisque nu et sa pelouse à l'abandon font certainement de celle-ci une des plus mélancoliques. Les passants préfèrent emprunter d'autres allées. Pauvre vieux Speke... qui qu'il ait été.

L'attitude d'Annie, sa réaction devant le récit de Bobby dans le restaurant chinois le troublaient. Elle connaissait à présent ce territoire jusqu'ici réservé, ce recoin cadenassé de ses pensées et de sa vie. Il regrettait presque de tout lui avoir dit. Était-ce de l'égoïsme de sa part ? Une répugnance à s'ouvrir à elle et à faire partager ses états d'âme ? Toutes ces questions l'irritaient vaguement, sans qu'il sache pourquoi.

Il arracha une poignée d'herbe qu'il serra

entre ses doigts. Les brins étaient froids et rêches.

– Ce phénomène est curieux. Ce doit être important, dit-elle.

– Je le crois aussi.

– Tout le monde a des rêves ou des fantasmes, mais rien de comparable à ce qui t'est arrivé. Ça a l'air incroyable; mais je sais que c'est vrai. Je te crois, Bobby.

– *C'est* vrai. Ça m'est vraiment arrivé, comme je te l'ai décrit.

– C'est si étrange. Je comprends maintenant tes inquiétudes ou tes absences, par moments. Une histoire comme ça...

– Ce n'est pas une histoire. C'est ma vie passée.

– Heu...

Voilà. Annie avait hésité à cet instant, impressionnée, certes, mais pas encore convaincue. Elle ne croyait pas en la réincarnation. Cela troublait Ives. Elle avait réagi avec chaleur à son récit, mais sa compréhension n'était-elle pas un peu trop contrôlée, ses commentaires un peu trop soigneusement raisonnés ? On aurait dit qu'elle cherchait à l'apaiser, à le rassurer, sans véritablement le croire.

– Tu ne devrais pas prendre tout cela au pied de la lettre, avait-elle affirmé. Ce genre de rêve a seulement une signification symbolique.

– Les rêves, oui, mais il ne s'agissait pas d'un rêve. Ça m'est vraiment arrivé.

– Ça peut revenir au même. Un mirage n'est pas un rêve non plus. Les hallucinations, les visions – tout se passe dans la tête des gens, non ?

– Je sais faire la différence.

Il se détourna d'elle.

– Tu es fils unique, Bobby, n'est-ce pas ?

– Oui.

– Voilà pourquoi ton frère dans ta – vision – t'était complètement étranger. C'était le frère que tu n'as jamais eu.

– Alors pourquoi m'a-t-il attaqué ?

– Je ne sais pas, reconnut Annie.

Et tout se bloquait là : elle ne savait pas, ni sur ce point ni sur le reste du phénomène. Elle voulait simplement se montrer aimable. Ses intentions étaient bonnes, comme toujours. Mais sans aucun effet sur lui. Ils en avaient discuté des heures après avoir quitté le restaurant et Ives s'était senti graduellement découragé. Il avait mis un point final à la conversation, avant qu'Annie lui suggère en toute logique d'aller consulter un psychiatre. Bobby ne voulait pas de ça. Il avait vu assez de psychiatres par le passé.

La Guadeloupe représentait quelque chose de beaucoup plus important et d'immédiat, en rapport avec son existence actuelle. Les noms, Versipelle, Charles, ne signifiaient rien pour lui – mais ils devaient avoir un sens. Il s'était rendu dans une bibliothèque à la suite de sa révélation dans le parc, pour découvrir que la Guadeloupe appartenait aux Îles sous le Vent, aux confins extérieurs des Caraïbes, et que Pointe-à-Pitre en était le port principal. L'île existait réellement, mais n'avait pour lui aucune signification. Après coup, une pensée : *sinon qu'il était mort là-bas, autrefois.*

Elle aura un sens pour moi, maintenant. Si je la laisse me parler, si je trouve le moyen.

Il s'était fracturé la cheville en Guadeloupe, cette même cheville qui avait été brisée au Viêt-nam. Il était mort en Guadeloupe; il était « mort » au Viêt-nam. Il était revenu d'entre les morts en Guadeloupe, comme au Viêt-nam. Ce soldat avec lequel on l'avait confondu n'était-il pas un frère en quelque sorte, un jumeau inconnu qui portait le même nom ? Les coïncidences abondaient trop pour qu'une simple explication rationnelle pût en venir à bout. Mais pour Annie, elles trahissaient simplement la part importante qu'occupait toujours dans son subconscient son expérience au Viêt-nam. Possible. Mais il savait que tout ceci avait un lien avec la violence soudaine qu'il avait manifestée à l'encontre de Platt, avec ces malaises incompréhensibles, chez Harrods et dans le bus.

Ives marcha jusqu'à la Serpentine et y demeura un moment, observant les textures mouvantes de la surface des flots. Il avait entendu dire que la Serpentine était alimentée par une petite rivière souterraine. C'était une pensée agréable, qui changeait à ses yeux la nature de l'endroit : la mare stagnante devenait une masse d'eau vivante, toujours identique et pourtant animée d'une subtile mutation. Un endroit qui gardait des secrets enfouis.

Cela signifiera...

Si tu...

Mais quoi ?

11

Le samedi matin, Annie se rendit à l'appartement et tira Bobby du lit. Elle prépara le petit déjeuner, qu'ils prirent dans la minuscule cuisine. C'était une journée ensoleillée, d'une douceur inhabituelle pour un mois de février, et Annie insista pour qu'ils la passent à l'extérieur.

– Tu vis trop claquemuré ici, dit-elle. Je vais veiller à ce que tu sortes davantage et que tu aies des activités. Tu dois utiliser ton énergie à bon escient.

– Ah, tiens, comment ?

– Je trouverai bien une idée. Attends, tu verras.

– Je ne suis pas contre. Mais je ne vois rien que j'aie particulièrement envie de faire.

– Tout ton problème est là : tu es paresseux, et ça te déprime, mais tu n'agis pas pour y remédier. Eh bien, nous allons changer tout ça. Aujourd'hui, balade en ville, jusqu'à ce que nous ne puissons plus nous tenir sur nos jambes. Et si le temps se maintient, nous recommencerons demain.

Leur première destination fut Camden Town, où ils flanèrent dans le marché aux primeurs d'Inverness Street, avant de poursuivre jusqu'à Camden Lock. Là ils passèrent près d'une heure à regarder les livres, les disques, les vêtements, les bijoux d'occasion, les antiquités et autres marchandises qu'on y proposait. Bobby acheta une miche de pain complet et deux pots de miel. Annie fit l'emplette de sept boutons de jais.

– Qu'est-ce que tu vas en faire ? demanda Ives.

– Maintenant que je les ai, je vais devoir me confectionner quelque chose qui ira avec. Peut-être un chemisier, en soie, très érotique.

Main dans la main, ils longèrent le canal jusqu'à un banc. Ils restèrent assis au soleil un moment, mangeant du miel avec les doigts et bavardant gaiement.

Un taxi les ramena dans le West End. Ils allèrent voir un film, puis dînèrent dans un petit restaurant italien. Annie cita de nouveau des endroits où ils pourraient partir quelques jours. Bobby l'écouta avec attention, allant jusqu'à poser des questions quand certains noms lui étaient inconnus – Rye, Scarborough (Est-ce que c'est l'endroit dont parlent Simon et Garfunkel dans leur chanson ?), Great Yarmouth, La Nouvelle Forêt.

Ensuite, ils se rendirent dans un pub de South Kensington, un endroit bondé, enfumé, où se produisait un groupe de jazz. En dépit de son appréhension et de l'ambiance confinée, Ives passa un bon moment. Le comportement d'Annie, plus particulièrement, lui faisait plaisir. En l'entraînant ici, elle voulait lui prouver qu'il n'avait pas de raison de s'inquiéter. *Peut-être a-t-elle raison, après tout,* se dit-il.

– Est-ce que tu es content de ta journée ? lui demanda-t-elle, tandis qu'ils longeaient tranquillement Gloucester Road.

– Très content.

– Bien. C'était tout de même plus agréable que de passer toute une journée assis chez toi, non ?

– Bien sûr. Et tu vas passer la nuit avec moi, n'est-ce pas ?

– Oui, répondit Annie en le serrant dans ses bras.

– Très bien.

Dans l'appartement, pendant qu'ils sirotaient un verre d'alcool avant d'aller se coucher, Annie se mit à fouiller dans son sac à main.

– J'avais presque oublié, dit-elle. J'ai quelque chose qui t'intéressera. Ah, le voilà.

Elle lui tendit une brochure à couverture bleue, dont le titre était : *Le point sur la migraine.* Le mot *migraine* était imprimé en caractères tremblotants, comme pour suggérer des troubles de la vision.

– Où as-tu déniché ça ? s'enquit Ives avec un sourire.

– La Fondation contre la migraine. Je sais que tu n'as plus eu de problèmes depuis un moment, mais j'ai pensé que tu aimerais te renseigner, malgré tout. Je suis passée hier dans leurs bureaux. J'espère que ça ne t'embête pas.

– Non, pas du tout.

Bobby feuilleta la brochure.

– Je suis toujours persuadé que je ne souffre pas de migraine.

– Vérifie les symptômes – là, sur cette page.

Ives compulsa la liste avec curiosité : vision double, difficultés à focaliser, cécité partielle et temporaire, apparitions éblouissantes d'étincelles, de lueurs ou de lignes colorées, vertiges, nausées, hallucinations, impressions d'insensibilité ou de fourmillements, réceptibilité exacerbée aux bruits et à la lumière, dépression, et caetera, jusqu'à des symptômes plus légers comme bâillements, tremblements, volubilité, douleurs dans la nuque et les épaules, et accroissement sensible du poids.

– Eh bien, je ne sais pas, dit Ives. La plupart de ces symptômes pourraient s'appliquer à tout autre chose.

– Surtout à la migraine, insista Annie. Et les hallucinations – est-ce que ça n'expliquerait pas la Guadeloupe ?

– Non. Je sais reconnaître une hallucination. J'en ai eu en prenant de la mescaline. La Guadeloupe n'était pas une hallucination; ça m'est effectivement arrivé.

– Que dit la brochure sur les traitements ?

Ives tourna une page.

– C'est ici. Traitements. Analgésiques. Médications usuelles de suppression de la douleur, aspirine, et caetera. Quels bobards ! De l'eau glacée additionnée de glucose. Et... du tartrate d'ergotamine, Dieu sait ce que c'est. À prendre par voie buccale, par inhalations, en injections ou – Ives éclata de rire – ou en suppositoires ! Voilà une idée de génie : tu me vois me mettre un suppositoire dans un bus ? !

12

Le dimanche matin, Annie se leva de bonne heure. Bobby remua, soudain conscient de son absence dans le lit.

– Je vais acheter les journaux et je te préparerai un bon petit déjeuner, l'entendit-il lancer avant que la porte ne se referme derrière elle.

– O.K.

Il reposa sa tête sur l'oreiller et ferma les yeux, mais il ne put retrouver le sommeil; au bout de quelques minutes d'effort, il abandonna, se leva et fit sa toilette.

Assis près d'une fenêtre, Ives ramassa le briquet d'Annie et commença à jouer machinalement avec, l'allumant et l'éteignant, augmentant et diminuant la taille de la flamme. Le temps semblait convenable, pas aussi ensoleillé que la veille, mais assez beau pour envisager une promenade. Il sourit, heureux que l'idée lui plaise.

Il régla la flamme du briquet au maximum et l'enveloppa de sa main. Il la frôla du bout de ses doigts et fut surpris. Rien : ni chaleur ni douleur.

– Merde, murmura-t-il en passant la flamme le long de sa main.

Toujours aucune sensation. C'était bizarre. Il se souvint de la dureté de ses mains quand il avait tabassé Platt : du roc. Qu'est-ce qui se passait ? Les mains étaient pourtant une partie du corps très fragile et sensible...

Les siennes avaient complètement perdu leur sens du toucher. Était-ce le genre d'insensibilité dont parlait la brochure ? Il avait entendu dire que l'absence de réaction à la douleur était un des symptômes de la lèpre. Mais c'était impossible.

Il posa le briquet et frappa l'angle aigu du rebord de la fenêtre à pleine paume. Il sentit l'impact – violent, mais indolore. Il recommença, avec un résultat identique. Il était là, à regarder ses mains, quand il entendit Annie entrer.

En fin de matinée, ils sortirent déjeuner dans un fast food.

– Qu'est-ce qu'on fait, maintenant ? s'enquit Bobby.

– Tu veux aller voir les dinosaures ?

– Quels dinosaures ?

– Ceux du Musée d'histoire naturelle. Tu n'y es jamais allé ? C'est juste au coin de la rue.

– Je n'ai jamais mis les pieds dans un musée de ma vie, fit-il, retrouvant son enthousiasme. Allons-y.

Annie rit et lui pressa affectueusement le bras.

– Parfois, tu as l'air d'un petit garçon.
– Ça a l'air passionnant.
– Les dinosaures, ou avoir l'air d'un petit garçon ?
– Les deux.

Mais les squelettes reconstitués n'avaient ni la taille ni la majesté qu'il s'était attendu à trouver. Ces dinosaures, qu'il avait imaginés énormes et puissants, qui avaient fait trembler la terre sous leurs pas, n'étaient plus qu'un étalage d'os reliés par du fil de fer. Même le brontosaure, dont le bassin massif aurait pu servir de berceau à un adulte, n'avait rien d'impressionnant.

Mais Ives éprouva un immense plaisir devant la collection de fossiles marins. Ici, plus de fragments d'ossements ni d'infimes restes de nageoires, rien que des empreintes délicates et nettes abandonnées dans la boue des premiers âges, évocations de fantastiques créatures aux formes inimaginables. Comment étaient-ils morts pour laisser ces traces déterrées par l'homme des millions d'années plus tard ?

À l'étage supérieur, se trouvait la salle des roches, minéraux et cristaux. Bobby s'arrêta sur le seuil, la bouche légèrement ouverte. Il lui semblait qu'on venait de lui administrer un choc électrique d'une incroyable intensité. Il savait que sa réaction avait été visible, mais Annie ne parut pas l'avoir remarquée, aussi se força-t-il à regarder les vitrines, comme si de rien n'était. Les étiquettes d'identification étaient un signal venu de son passé, qui faisait irruption dans son esprit conscient. *Hématite, plombagine, succinite, hornblende, silex, pyroxyle, olivine* – des noms qu'il ne connaissait pas, mais dont les syllabes lui parurent familières dès qu'il les vit. Des noms qu'il avait rencontrés en Guadeloupe, où, quand il était Robert Versipelle, il avait collectionné et étudié ces minéraux et roches. En pénétrant dans cette salle, il était revenu cent ans en arrière. Même l'atmosphère était spéciale. Elle semblait dégager une subtile fragrance qui le calmait et lui soufflait qu'il était chez lui. La précision mathématique des structures cristallines, la juxtaposition des couleurs en nuances infinies, les froides certitudes des sciences de l'inorganique...

Quand Ives parvint aux pierres sans intérêt – diamants, saphirs, rubis et autres – il recommença à penser à Annie. C'était la deuxième fois en deux jours qu'elle le mettait à l'épreuve. Hier, elle l'avait entraîné dans un marché encombré et un pub plus bondé encore. Aujourd'hui, ici. Est-ce qu'elle comprenait pleinement ce qu'elle faisait ? Sûrement. Devait-il se réjouir de ses initiatives ? Elle cherchait à le débarrasser de ses phobies, mais elle tentait peut-être, inconsciemment, de provoquer – *Merde, non, je deviens parano... et si je commence à me poser des questions sur Annie, je suis fichu... arrête de réfléchir, prends les choses comme elles viennent.*

Ce soir-là, alors qu'Annie se préparait à rentrer à Turnham Green, Bobby prit le briquet sur la table.

– N'oublie pas ça, lui dit-il en le lui tendant.
– Merci.
– On se voit demain pour déjeuner ?
– Absolument. Je t'invite.
– À une heure, au Al Camino ?
– Parfait.
– C'était une bonne journée, dit-il en la serrant dans ses bras.
– Un bon week-end.
– Oui.
– Et demain sera un bon lundi.
Elle l'embrassa et lui sourit.
– Ensuite, nous aviserons de ce que nous ferons les jours suivants. D'accord ?
Elle l'embrassa de nouveau.
– Tu t'y es mis.
– À quoi ?
– À essayer de me transformer en touriste.
– Mais non, pas en touriste, mon amour. En être humain.

13

Un lundi nuageux et froid, un retour à la norme de février. Ives se réveilla tôt, en partie parce qu'il était seul, mais aussi parce que ses mains lui posaient des problèmes. Leur aspect était parfaitement normal, mais il les sentait enflées et enflammées. Il avala son ginseng, ses vitamines, du miel, et passa le restant de la matinée à se promener dans Hyde Park.

Il marchait les bras ballants, comme à son habitude, et l'air vif lui faisait l'effet d'une pluie d'aiguilles de verre qui déchirait ses mains. Mais les enfoncer dans ses poches, où elles subissaient le contact de la toile rugueuse de son jean, était tout aussi douloureux. Il les ferma pour diminuer la surface de peau exposée, mais elles étaient toujours aussi douloureuses.

Insensibles hier, hypersensibles aujourd'hui – comment était-ce possible ? Devait-il retourner voir le Dr. Domicile ? Ces troubles n'avaient peut-être rien à voir avec une migraine. Peut-être était-ce un problème local ? Mais ses mains paraissaient normales. Si son problème avait été sérieux, il aurait constaté des manifestations externes. Ives s'assit sur un banc au bord de la Serpentine et considéra ses mains, comme s'il attendait d'elles un signe.

Au bout de cinq minutes, il remarqua que ses pieds le faisaient souffrir, eux aussi. La marche et le froid en étaient peut-être responsables – il ne portait que des sandales et de petites socquettes. Quand il pressait ses pieds contre le sol, il les sentait spongieux, bourrés de bulles d'air qui compressaient les chairs. Mais non, son imagination lui jouait des tours. Il se leva et se balança sur la plante des pieds, pour les éprouver; la douleur était bien là. Pas trop vive, mais persistante.

Ives s'assit de nouveau sur le banc. Brutalement, il se sentait seul, loin de tous et désemparé devant cette maladie inconnue qui s'était saisie de lui. Il avait appris autrefois que lors d'une grave maladie le corps livré à lui-même est capable de surprenantes prouesses. Quand ça arrive, il ne reste qu'à tenir bon et à prendre ce qui vient.

Au cours de son existence antérieure en Guadeloupe, il avait contracté une maladie qui avait fini par le tuer. Personne ne savait à l'époque de quoi il s'agissait, ni comment la soigner. Elle comprenait une phase de fièvre. Était-il à nouveau victime d'une fièvre tropicale peu commune, localisée dans ses extrémités ? L'hypothèse paraissait invraisemblable, mais il était prêt à croire n'importe quoi, ou presque.

Il jeta un coup d'œil à sa montre. S'il se

mettait en route tout de suite, il arriverait à l'heure au restaurant de Soho Square. Bien que ses pieds et ses mains le fassent toujours souffrir, il préférait marcher. Annie ne partageait pas son enthousiasme, mais la marche était l'activité préférée de Bobby. Il lui semblait alors que son esprit se libérait de toute contrainte, qu'il pouvait se laisser aller à ses pensées. Si après le déjeuner ses pieds et ses mains le tourmentaient encore, il rentrerait chez lui pour les tremper dans de l'eau tiède. Si cela n'apportait pas d'amélioration, il prendrait à nouveau rendez-vous chez le Dr. Domicile.

Mais le temps qu'il atteigne Berkeley Square, Ives constata que la douleur avait disparu. Ses mains et ses pieds étaient simplement froids.

Il avait parfaitement évalué la durée de son trajet : Annie arriva au Al Camino presque en même temps que lui. Hors d'haleine, les joues roses, elle était très belle.

– Bien, et maintenant, quelles occupations as-tu prévues pour la journée ? demanda-t-elle quand ils eurent commandé.

– Ce matin, je suis passé dans une librairie, répondit-il, évitant de parler des douleurs qu'il avait ressenties. Je cherchais des livres sur ces fossiles que nous avons vus hier, mais je n'ai rien trouvé. J'aimerais essayer une autre librairie cet après-midi. Après, je retournerai au musée. L'endroit me plaît bien.

– Parfait, approuva Annie en commençant à manger. Je suis contente d'entendre que tu n'as pas passé la matinée chez toi, rideaux tirés, à écouter des disques.

– Non... Je me disais que j'allais essayer de suivre des cours quelque part dans Londres. J'aurais envie d'apprendre des choses...

Annie hocha la têe avec une expression d'encouragement. Elle n'avait jamais vu Bobby aussi enthousiaste. Ses yeux brillaient d'excitation.

Après déjeuner, ils s'en furent tranquillement vers Tottenham Court Road. Annie travaillait dans New Oxford Street, et Bobby comptait visiter les librairies de Charing Cross Road. Ils convinrent de se retrouver à six heures, le soir même.

Mais tandis qu'ils traversaient Soho Square, Bobby commença à se sentir très nerveux et mal à l'aise. Ses pieds se comportaient à nouveau bizarrement – ils semblaient ne plus être reliés à son corps, comme si ses jambes s'arrêtaient au niveau des chevilles et qu'il marchait dans les airs.

Il passa le bras autour des épaules d'Annie et la serra contre lui. Elle lui sourit et il se força à lui retourner son sourire, mais sa tête tremblait – un phénomène qu'il n'avait connu qu'une fois auparavant, le jour où, venu à un rendez-vous d'embauche, il avait été trop nerveux pour pouvoir regarder en face l'homme qui lui posait des questions.

Maintenant il tremblait de tout son corps et sentait ses mains devenir brûlantes.

Oh, par pitié, assez.

Il serra Annie plus fort contre lui, mais ne

ressentit pas le contact. *Ça recommence, c'est pire que ça n'a jamais été.* L'effet se développait, croissait en lui, il en était conscient. Il fallait absolument retourner voir le Dr. Domicile.

– Je t'accompagne jusqu'au magasin, s'entendit-il dire.

Ses paroles rendaient un son étrange, angoissé.

– Très bien, répondit Annie. Tu vas bien, Bobby ? Tu es tout pâle.

Ives hocha la tête, incapable de prononcer un mot. Ils attendirent pour traverser au coin d'Oxford Street et de Tottenham Court Road. La foule s'accumulait autour d'eux. Bobby caressait les cheveux d'Annie, espérant que son malaise s'estomperait. Mais cela empirait rapidement. L'air brûlait ses narines et sa vision devenait plus pénétrante. Les couleurs éclataient autour de lui, agressives. Il ferma les yeux, retint sa respiration et posa ses lèvres sur la nuque d'Annie. Elle se pencha en arrière pour reposer sa tête sur sa poitrine, en souriant.

Soudain, ce que percevaient les mains de Bobby changea complètement. C'était une sensation onirique, qui lui faisait penser qu'il était capable de traverser les vêtements d'Annie, sa peau, pour pénétrer son corps et toucher son cœur, le centre battant de sa vie, de son amour. Une impression de crainte sacrée le submergeait.

Un autobus accéléra pour traverser l'intersection avant que le feu ne change. Bobby tendit la main vers le cœur d'Annie, atteignit son dos et elle sembla s'envoler, la tête rejetée en arrière, les bras battant lentement. *Il ne faut pas, oh, par pitié, Annie...*

Il y eut des cris. Le chauffeur du bus n'eut même pas le temps de freiner avant l'impact.

D'où venaient tous ces gens... si léger... disparaître... stop... arrêtez... empêchez ça... oh, s'il vous plaît... *La bête hurlante sur la frontière qui te sépare de moi...*

Il crut que son cerveau s'atomisait, changé en nova, qu'il se perdrait à jamais s'il n'en retenait pas chaque fragment et ne les ramenait pas à leur place initiale. Comme un jouet monté sur roulettes, il pivota pour entrer dans un pub, trouva un tabouret vacant, s'assit et commanda deux doubles whiskies. Le barman le toisa, indécis : devait-il éprouver du mépris ou de la sollicitude ? À l'évidence, il opta pour le mépris et servit les verres.

Ives aperçut son visage dans le miroir derrière le bar : c'était une épave, baignée d'une aura verdâtre; la peau était effondrée sur l'ossature du crâne. Il vida son premier verre d'un trait.

Alors les bribes éparses en lui commencèrent à confluer vers leur lieu d'origine. Ses mains tremblaient encore, mais plus autant. Il sentait le barreau du tabouret sur lequel reposaient ses pieds. L'énergie se convertissait de nouveau en masse. Son corps recouvrait son intégrité. Mais il n'était plus le même, il ne serait plus jamais le même.

Quelque chose tentait d'attirer son attention, une chose énorme, mais il ne pouvait pas la distinguer et il ne voulait pas la connaître. Une chose qui se dressait, menaçante, aux confins de sa conscience... *La frontière qui...* Il s'en détourna et inspecta ses mains. Qu'en avait dit Annie ? Les doigts, non, la ligne de vie – quoi donc ? Elles avaient l'aspect de mains ordinaires. Tout d'un coup, il y eut un bruit. Rien de clair au début, mais il accapara son attention, et des mots martelèrent son crâne.

Annie, Annie, Annie est morte.

La clameur étouffait tout le reste, tonnait en lui jusqu'à le rendre malade, physiquement malade. Ives resta assis, immobile, et ferma les yeux. Enfin les mots décrurent en volume pour s'arrêter complètement. Les molécules de son corps étaient plus denses, métalliques, entremêlées avec une nouvelle solidité. Il se sentit calme.

Avec lenteur et précaution, il traversa le bar. Le sol de linoléum rigide paraissait mou et traître sous ses pas, mais il parvint aux toilettes pour hommes. Libres, Dieu merci. Il se pencha sur le siège, les mains crispées sur la porcelaine humide et crasseuse, sans que rien vienne. Il resta debout un moment, face à l'urinoir, sans la moindre envie de pisser. Pourtant son corps n'était qu'un sac de bouillie chaude et turbulente. Il s'inclina, pressa le front contre le mur moite de condensation. *Qu'est-ce que j'ai fait, qu'est-ce qui s'est passé ?* Et le rythme recommença à battre,

Annie, Annie, Annie est morte, une macabre comptine engluée et indésirable au fond de sa cervelle. Il fallut le bruit d'un nouvel arrivant pour l'interrompre et permettre à Ives de regagner le bar.

Il jeta un coup d'œil sur la salle. Il ne restait plus grand monde à présent : tous étaient allés travailler. Le barman lisait un journal.

Annie est morte et c'est moi qui l'ai tuée. Meurtre. Ou folie temporaire. Est-ce que les lois anglaises étaient comparables aux lois américaines ? Voilà des pensées bien terre à terre.

Ives se rendit jusqu'au New Riverside Club. Il disputa plusieurs parties de billard et but abondamment – mais l'alcool semblait ne pas avoir prise sur lui. Après sept heures du soir, il quitta le club et rentra à Kensington, toujours à pied. Les jambes fermes et robustes, il monta au pas de course l'escalier qui menait à son appartement. Chez lui, il se débarrassa de ses chaussures et mangea un peu de miel. Il écouta la radio jusqu'à l'heure du bulletin d'informations, mais la mort d'Annie ne fut pas mentionnée.

Un meurtre. Pourtant, il ne ressentait rien. Que lui était-il réellement arrivé ? Il fouilla dans ses souvenirs, mais tout était diffus, éthéré – une brume d'images, mais si réelle pourtant. En ce moment précis, le cadavre d'Annie était étendu quelque part, froid et brisé. Allaient-ils la remettre en état pour la rendre présentable ? De la cire, de la gomme et du fil de fer. *Oh, Annie.*

Le lendemain, il trouva dans trois journaux de brefs entrefilets rapportant la mort de Miss Anne Cooper. Tous la qualifiaient d'accidentelle. Aucun indice ne laissait supposer qu'on avait pu la pousser ni qu'elle s'était suicidée. L'accident avait entraîné des problèmes de circulation pendant presque une heure. La police n'écartait pas l'éventualité de poursuites à l'encontre du chauffeur de l'autobus, un certain Mr K. Ghosh. *Pauvre type*, songea Ives en écartant les journaux.

Est-ce que la police viendrait lui rendre visite ? Annie avait pu dire à plusieurs personnes qu'elle devait déjeuner avec lui, hier. Les employés du restaurant pouvaient également attester l'avoir vu en compagnie d'Annie quelques minutes à peine avant son décès. Ses parents connaissaient certainement son nom, et probablement son adresse. Et combien l'avaient vu la serrer contre lui à ce coin de rue ?

Et l'enterrement ? Sa famille, qui avait dû entendre beaucoup parler d'Ives au cours des derniers mois, s'attendrait à le voir y assister, pour partager son chagrin. Peut-être que la police patienterait jusque-là – et ce serait suspect s'il ne s'y montrait pas. Tant pis, il lui faudrait courir ce risque. Pourtant, l'idée de partager le deuil de la famille Cooper lui était insupportable. Si la police se manifestait... Il saurait faire face. Il pouvait faire face en toutes circonstances. Tout ce qu'il fallait, c'était de la confiance en soi, et de la cohérence.

Ives fit jouer une cassette et s'assit devant

un petit déjeuner de pilules et de miel. Annie avait eu raison, d'une certaine façon : il était trop reclus, trop renfermé. Mais elle n'avait pas su résoudre le problème correctement. Ce qui lui convenait à elle ne convenait pas forcément à Bobby. Il n'avait pas besoin d'avoir des activités. Ives avait besoin de quelqu'un qui vive avec lui, qui l'accepte comme il était. Complètement. C'était cela, l'amour. Malheureusement, elle n'avait pas été ce quelqu'un. D'une certaine façon, son accident – emploierait-il ce terme, à présent ? – avait été une chance. Ils n'auraient pas pu rester très longtemps ensemble. Peut-être valait-il mieux qu'elle fût morte et évitât une déception. Peu de gens avaient cette chance. Avait-elle senti sa main, lorsqu'il l'avait poussée ? Avait-elle compris ce qui se passait ? Non, espérait Ives. Accordez-lui cela, au moins.

Le déroulement de l'accident, Bobby le repassait sans cesse dans sa tête, mais il n'y pouvait trouver aucune logique. Quelque chose de bizarre s'était passé avec ses mains et ses pieds. Ses mains, particulièrement. S'il n'y portait pas remède très vite – non, non, *non*. C'était pour l'instant hors de question. Il n'avait qu'à aller trouver un médecin, lui parler de cette maladie étrange qui échappait à son contrôle... et la police en entendrait parler. Et il aurait de gros ennuis. Non, quel que soit son problème, il devait s'en occuper personnellement, de son mieux.

Et si c'était un trouble nerveux, des nerfs pincés – pourquoi pas ? C'était possible, quoique douteux. Ce n'était ni une infection ni une inflammation : il y aurait eu d'autres symptômes. Quelles vitamines régissaient les membres ? Il faudrait vérifier. Mais il prenait déjà une bonne dose de vitamines chaque jour. Les oligo-éléments – possible. Comme il ne mangeait pas grand-chose, il pouvait avoir une déficience en manganèse ou en cobalt. L'organisme ne requérait que de minuscules quantités d'oligo-éléments, mais une carence pouvait engendrer des troubles inattendus. La réponse se trouvait peut-être là.

Quant à la Guadeloupe... et au Viêt-nam... aucun régime ne pouvait soigner le passé.

Ives fit sa toilette, s'habilla et quitta l'appartement. Il se rendit tout d'abord dans un magasin de produits diététiques pour acheter des suppléments minéraux. Peut-être était-ce inutile mais il voulait essayer. De toute façon, ça ne pouvait pas lui faire de mal.

Ensuite, il flâna sans but dans le quartier résidentiel qui s'étendait de Kensington Gardens à Holland Park. High Street était encombrée et bruyante, mais une fois passé cette rue, tout était calme et silencieux. Les enfants étaient à l'école, les pères au bureau, les mères faisaient leurs courses. Des maisons coquettes, chères. Des appartements à la mode. Pratiquement aucun détritus dans la rue. Des arbres de toutes essences et de petits massifs couverts de fleurs – en plein mois de février !

Ives regardait par les fenêtres et admirait à contrecœur l'élégance de la décoration intérieure. Des salles de séjour, des salles à manger sorties tout droit de magazines spécialisés. Et les cuisines : style campagnard français, style ferme anglaise à l'ancienne, style futuriste à micro-ondes, et même style boucherie new-yorkaise ultramoderne. Ces gens sans doute incapables de cuire un steak convenablement se sentaient obligés de posséder un véritable étal de boucher dans leur cuisine.

Dans Campden Hill Road, il s'arrêta devant une maison et regarda par la fenêtre du rez-de-chaussée. La cuisine était d'une parfaite banalité. L'étagère à épices contenait des pots achetés en magasin, et non ces fausses jarres d'apothicaires aux suscriptions calligraphiées. Sur la table, il y avait une boîte de céréales, le genre d'aliment que seul un enfant ou un adulte désespéré pouvait manger.

On ne voyait pas grand-chose d'autre, car l'ombre couvrait ce côté de la rue, et la pièce n'était pas éclairée, mais un détail le retint quelques secondes de plus.

Une forme se déplaça, puis disparut. Ives eut l'impression soudaine d'assister à une scène importante.

Une femme apparut. Elle alla jusqu'à l'évier et y déposa une tasse et une soucoupe. En se retournant, elle remarqua Bobby à la fenêtre. Elle portait une robe de chambre banale qui la rendait informe. Ses cheveux, striés de blond ou de gris, étaient tirés en arrière. Elle avait un visage un peu usé, la quarantaine.

La femme hésita un instant, puis sortit du champ de vision d'Ives, l'abandonnant à sa contemplation de la boîte de céréales.

Non, Annie avait eu tort sur ce point. Il ne regrettait pas de n'avoir pas connu une enfance normale, saine. D'ailleurs, les ménages séparés étaient pratiquement la norme, non ? Il y avait eu une époque où il s'était vraiment inquiété. Il avait dépensé de l'argent (trop d'argent) en gros bouquins de psychologie, et passé des heures (trop d'heures) à tenter de les lire. Il avait appris l'existence du syndrome de privation d'enfance, mais cela ne lui avait rien apporté. Pour finir, il avait décidé que la psychologie était de l'escroquerie.

Mais cette boîte de céréales... quelque chose le retenait.

La femme revint et regarda directement Ives. Son visage exprimait une trace de doute, voire même d'inquiétude. Il eut un petit rire, en songeant qu'elle s'était tenue hors de vue durant les minutes qui venaient de s'écouler, à se poser des questions à son sujet. *Vous avez bien raison, petite madame. Il y a tant de gens bizarres dans les rues de nos jours.*

Elle cligna des yeux une fois, un mouvement rapide, qui confirmait ses pensées, et disparut à nouveau. *Elle est partie appeler quelqu'un*, pensa Ives. *Son mari, un voisin, un flic. Il y a un type étrange qui regarde par la fenêtre de la cuisine.*

Ives lança un dernier coup d'œil à la boîte de céréales et reprit sa promenade.

14

Le temps qu'il rentre chez lui, Bobby recommença à ne plus se sentir bien. Ses mains et ses pieds se mirent à palpiter, à brûler de nouveau. Il s'étendit sur son lit, les pieds posés sur les coussins, mais aucune amélioration ne survint. Deux ou trois heures passèrent : il transpirait tellement que les draps étaient complètement trempés. Son estomac était noué; ses yeux et sa tête le faisaient souffrir. Ives connaissait des périodes de conscience trouble qui alternaient avec d'autres, de sommeil agité.

La pleine réalisation de son acte le frappa au cours de cette deuxième nuit. À un moment, il s'éveilla brutalement en hurlant *Annie, Annie,* encore et encore, jusqu'à ce que sa gorge semble écorchée et que sa voix ne soit plus qu'une lamentation grotesque et enrouée. Il frissonnait irrésistiblement, comme un homme saisi par la malaria. Où était-il ? Que se passait-il ? Il se recroquevilla sur le sol, le long du lit, en position fœtale. *Qu'ai-je fait Annie je vous en prie non mon Dieu Jésus pas morte pas morte c'est faux pas Annie si bonne si belle je te voulais oui je t'aimais ce qui nous est arrivé m'est arrivé alors pour toujours Dieu me vienne en aide je suis sincèrement désolé d'avoir pour Annie pas morte c'est faux il faut que je me trompe cette fois encore pas une autre pas une femme pas elle pas Annie par pitié ça n'avait aucune raison d'être où êtes-vous Dieu Annie Sans-Nom* les mots entamaient sa gorge comme des lames. Enfin le flot mourut sur de faibles gémissements et un sommeil provisoire s'empara à nouveau de lui.

Longtemps après, il s'éveilla avec l'impression d'être sur le point d'exploser, d'éparpiller ses entrailles dans la pièce. Mais il n'avait rien mangé depuis un moment. Il entra en titubant dans la salle de bains et alluma la lumière. Ce fut une aveuglante pluie de flammes qui assaillit tout son corps et il éteignit d'un coup de poing assené sur l'interrupteur. Il s'inclina au-dessus de la cuvette des W.-C., secoué de spasmes douloureux et stériles. Au bout d'un moment, il se redressa et revint au lit en emportant une grande serviette qu'il serra étroitement contre son visage, comme un enfant se protège avec sa couverture. Il sombra dans un profond sommeil.

Il était trois heures de l'après-midi quand il se réveilla. Ives fixa plusieurs secondes le cadran de sa montre, stupéfait de la fatigue qu'avait infligée l'attaque dans tout son organisme. Il se sentait mieux à présent, mais encore faible, vaguement nauséeux. Il absorba des vitamines, des sels minéraux, du ginseng, du pollen et des pilules de propolis, dévora un demi-pot de miel, le tout arrosé d'eau minérale.

Hier semblait si lointain. Il avait été hors d'état d'agir pendant presque vingt heures – vingt heures. *Qu'est-ce qu'il m'arrive ?*

Garde ton contrôle et agis de façon positive, s'enjoignit-il, *c'est ça qui est important.* Il fallait qu'il parle à quelqu'un, une personne qui pourrait l'aider. Pas un docteur, ni un psychiatre.

Ives traversa la pièce, se dirigeant vers une pile de magazines qu'il entreprit de feuilleter l'un après l'autre, inspectant les petites annonces avec soin. Parmi les publicités qui vantaient l'acupuncture et la thérapie artistique, une consolidation de l'assurance et les arts martiaux, la bioénergie et les techniques kundalini, et tant d'autres merveilles, Bobby trouva ce qu'il cherchait. Plusieurs annonces offraient des prédictions pour les affaires de cœur et d'argent, mais il se décida pour la moins agressive du lot :

Miss Tanith
Voyante extra-lucide
Consultations psychiques expertes

Ives téléphona au numéro indiqué; une voix de femme lui répondit – un certain âge apparemment, un accent irlandais. Oui, Miss Tanith pourrait le recevoir à seize heures trente. Les honoraires étaient de dix livres. Non, ce n'était pas Miss Tanith en personne au bout du fil. La femme lui donna une adresse près de Marylebone High Street.

Bobby resta assis, les yeux fixés sur le téléphone, après avoir raccroché. Est-ce qu'il tenait à rendre visite à cette femme ? Il gaspillerait probablement son temps et son argent. Ces voyantes qui faisaient leur publicité par petites annonces étaient souvent des charlatans. Il n'était même pas convaincu de l'existence de pouvoirs extra-lucides. Mais il fallait agir et son instinct lui soufflait qu'il avait choisi une bonne direction. Cette femme lui donnerait peut-être une opinion pertinente. Une vie antérieure en Guadeloupe ne signifiait rien pour un médecin ou un psychiatre, mais une extra-lucide, dotée de pouvoirs psychiques authentiques, devait pouvoir la percevoir, sans qu'il ait besoin d'en parler. Oui, il avait bien agi, et si Miss Tanith se révélait incapable, il essaierait quelqu'un d'autre. Et il continuerait aussi longtemps qu'il le faudrait.

Ives trouva l'adresse indiquée. Il était en avance. Il fut introduit dans une officine passablement misérable, en sous-sol, par la femme qui lui avait répondu au téléphone. Elle était petite, grassouillette et tout sourires.

– Est-ce que vous désirez une tasse de thé ? demanda-t-elle.

– Non, merci.

La femme suspendit le manteau d'Ives à une patère.

– Miss Tanith va vous recevoir dans quelques minutes, dit-elle avant de le laisser seul.

Ives regarda autour de lui, mal à l'aise. La pièce manquait de caractère. Trois chaises banales, un sofa, une table basse, une carpette usée et une fenêtre aux vitres sales et aux barreaux de fer. Pas de rideaux. Il jugea que les premiers signes n'étaient guère encourageants.

Au moment où Ives s'asseyait à contrecœur, la vieille femme revint.

– Par ici, s'il vous plaît.

Elle le conduisit le long d'un couloir sombre. La pièce où elle le fit entrer était tout aussi sombre et exiguë. Une seule lampe à abat-jour était posée sur une table au centre de la pièce. Les murs étaient dissimulés par des rideaux – marron peut-être; il était difficile de l'assurer. *Afin de créer une atmosphère simple mais suggestive*, se dit-il. *Au moins n'y a-t-il pas de boule de cristal sur la table.*

– Veuillez vous asseoir ici, dit la vieille femme en lui indiquant sa place. Miss Tanith ne tardera pas.

Ives obéit, la femme quitta la pièce et referma la porte derrière elle. Au bout de quelques secondes à peine, Ives entendit jouer la serrure d'une seconde porte, et Miss Tanith émergea d'entre les rideaux. Elle portait une robe, ou un caftan, de couleur foncée. Elle alla droit à la table et prit place en face d'Ives. Ses cheveux étaient coupés court, ses traits nets mais indéchiffrables. Sa jeunesse frappa particulièrement Ives – elle devait avoir dix-huit ans, vingt au maximum. Il s'était attendu à une de ces matrones plantureuses, bâtie sur le modèle de la femme qui lui avait ouvert la porte, une de ces Junon qui ont fait de la lecture des feuilles de thé leur spécialité. En lieu et place, il découvrait une jeune fille qui avait encore l'âge d'aller à l'école.

– Bonjour, Mr Ives, dit-elle.

– Bonjour.

– Pour quelle raison êtes-vous venu me voir ?

La question était posée sur un ton si égal et si neutre qu'Ives en fut un peu surpris.

– Pour voir si vous pouvez m'apprendre quelque chose sur moi-même, répondit-il.

Puis il éclaircit sa gorge. *Essaye de ne rien laisser filtrer dans tes commentaires et tes réactions. Le visage impassible du joueur de poker. Qu'elle gagne son argent.*

– Y a-t-il quelque chose en particulier que vous souhaiteriez connaître ?

Ses yeux ne quittaient pas ceux d'Ives.

– Quelqu'un ?

– Non, il ne s'agit ni de ça ni de finances, répliqua sèchement Ives.

– Mais il y a un problème.

Ives demeura silencieux, les yeux fixés sur le tissu sombre de la robe de la jeune fille.

– Il faut me dire la vérité, insista Miss Tanith. Il y a quelque chose. Je le sais. Je le sens.

– Alors, dites-moi ce que c'est, demanda Ives, et sa voix résonnait soudain comme une prière.

– Penchez-vous en avant.

Ives obtempéra, fixant son regard sur le visage clair et enfantin de Miss Tanith. Elle semblait à la fois innocente et omnisciente, une combinaison qu'on ne rencontre que dans les rêves. Il n'aurait pas dû succomber si facilement, mais il sentit qu'il s'abandonnait.

Miss Tanith prit son visage dans ses mains et promena des doigts légers sur sa peau.

– Veuillez ne pas bouger, s'il vous plaît, demanda-t-elle.

Les doigts de la voyante parcoururent le front et les paupières d'Ives, comme s'ils époussetaient un précieux manuscrit. Le toucher, la profondeur du regard de cette jeune fille captivaient Ives. Plusieurs fois, elle suivit le tracé de ses sourcils, de son nez, de ses lèvres et de ses pommettes, et la ligne de sa mâchoire. Elle semblait l'ignorer en tant que personne et seule la tension de ses traits trahissait la concentration qui présidait à cet examen. Ives avait maintenant cédé à un début de transe. Dans la lumière tamisée, Miss Tanith irradiait une clarté angélique. Son toucher, malgré son infinie délicatesse, était intense. Personne ne l'avait jamais regardé ni touché de cette façon auparavant – pas même Annie.

Miss Tanith retira ses mains.

– Restez comme vous êtes, s'il vous plaît.

Elle se leva, contourna la table pour venir auprès d'Ives, et se plaça debout derrière lui. Il était conscient de sa présence toute proche, bien qu'elle n'ait pas encore posé les mains sur lui.

– Ayez l'amabilité de défaire le premier bouton de votre chemise, demanda-t-elle.

Ives obéit, et Miss Tanith dégagea délicatement son cou. Elle lui fit légèrement pencher la tête en avant. Ses mains, douces et chaudes, le rassuraient et le calmaient. Il percevait – si légère – son haleine contre sa nuque. Pendant qu'elle étudiait sa nuque et son cou, Ives ferma les yeux. Alors, elle attira sa tête vers elle, déplaçant sa chevelure pour examiner la peau des tempes et autour des oreilles. Ives se demanda si son imagination était seule en cause – ou si sa tête frôlait vraiment les seins de la jeune fille. Il réalisa qu'il avait une érection.

Miss Tanith regagna son siège. Ives voulut rajuster son col, mais elle l'en empêcha d'un geste.

– Pas encore, si vous voulez bien, dit-elle. J'aimerais que vous laissiez aller votre tête lentement sur vos épaules jusqu'à ce que le mouvement s'arrête de lui-même. N'arrondissez pas le dos.

Ives suivit ses instructions. Il vit un petit point noir tracé sur le plafond, directement dans sa ligne de vision. *Tout est prévu*, pensa-t-il.

– Merci, dit la jeune fille au bout de quelques instants. Vous pouvez reboutonner votre chemise, à présent.

Ives ne la quittait pas des yeux, tentant de lire quelque chose sur son visage. *Des yeux parfaits*, se dit-il, *aussi transparents qu'énigmatiques.*

– Maintenant, posez les deux mains sur la table, s'il vous plaît, les paumes vers le haut. Vous devez vous sentir à l'aise, les bras détendus – voilà, dit-elle avec un petit signe approbateur de la tête, tandis qu'Ives exécutait ses instructions.

Quand la main est posée, ouverte, les doigts ont tendance à se replier légèrement. Comme un personnage sorti du Moyen Âge, au travail sur des parchemins, Miss Tanith excerça de délicates pressions pour les remettre droits. Elle scruta intensément les lignes et les plis de ses mains durant toute l'opération, recommençant encore et encore. Ives était fasciné, mais inquiet également. C'est dans ses mains que ses problèmes avaient débuté. Allait-elle percevoir quelque indice ? Ses paumes étaient moites.

– Veuillez vous détendre, s'il vous plaît, dit Miss Tanith, réagissant rapidement à l'étincelle de tension qu'elle avait sentie en lui.

Elle ne leva pas même les yeux, mais ses paroles eurent un effet immédiat.

Enfin, elle retourna les mains de Bobby et les examina rapidement avant de se rasseoir et de regarder Ives. Il lui accorda quelques instants pour voir si elle allait se livrer à une autre opération. Enfin, il se risqua à prendre la parole.

– C'est... tout ?

– Oui, répondit-elle, promptement. Je n'utilise pas de tracé zodiacal, d'horoscopes ni de tarots ou d'autres intermédiaires, à moins qu'on ne me le demande expressément.

Elle observa une longue pause, jusqu'à ce qu'Ives s'apprête de nouveau à parler, et reprit alors :

– Je ne crois pas que vous reviendrez me

voir, Mr Ives. Vous m'avez demandé de vous dire quelque chose sur vous-même. Quelque chose de très important, mais que vous connaissez mal. C'est une demande délicate à exaucer, parce que vous êtes un individu très troublé et que d'autres séances s'imposent. Mais elles se révéleraient pénibles et vous ou moi les arrêterions.

Ses paroles coulaient facilement, mais elles véhiculaient une force tranquille dont l'autorité s'imposa sans ambiguïté dans l'esprit de Bobby. Il s'abandonna complètement au son de cette voix.

– J'ai procédé sur vous à quatre lectures, poursuivit Miss Tanith. Chacune est fondée et appartient à une science ancienne et parfaitement avérée. Chacune constitue une clé de la personnalité et, en conséquence, de la destinée. Il s'agit de la divination par la physiognomonie, par les grains de beauté et autres marques de la peau, par la métoposcopie qui se rapporte aux lignes du front et par la chiromancie qui s'intéresse aux mains. Chacune d'entre elles, bien comprise et utilisée convenablement, est une source abondante de connaissances sur le passé, le présent et l'avenir. Prises ensemble, leur puissance est considérable.

» En dépit de tout cela, je ne crois pas pouvoir vous offrir ce que vous me demandez. Ou, plus exactement, ce dont vous avez besoin. Vos problèmes remontent à une origine extrêmement profonde, beaucoup trop profonde pour que je parvienne à décrypter leur cours en quelques minutes, si tant est que j'y réussisse jamais. Je vois cela, avec plus de netteté sans doute que je ne le souhaiterais, sur les signes de votre visage et de votre cou, sur votre tête et sur vos mains – les signes avec lesquels vous êtes né.

» Je n'ai vu ces lignes qui marquent votre poignet qu'une seule fois auparavant, dans une gravure du XVe siècle, de Bartolommeo Cocle. Je regrette de devoir dire que ces lignes expriment le mal et la maladie. Elles désignent un individu qui connaît des difficultés avec lui-même mais plus encore avec les autres. Le futur n'apportera aucune amélioration. Vos problèmes vont probablement aller en empirant. Il est de mon devoir de vous le dire. Et ici, poursuivit-elle en montrant la main d'Ives, vous pouvez constater que la quatrième ligne est incomplète, inachevée.

Ives n'avait aucune idée de ce que cela pouvait signifier et, visiblement, Miss Tanith avait décidé de ne pas entrer dans les détails.

– Le trait le plus important pour vous, reprit-elle, est situé ici.

Elle pointa le doigt vers une autre ligne.

– Votre vie et votre destin se lisent ici, plus sûrement qu'en aucun autre secteur de votre main. Du médius jusqu'au poignet. Comme vous le voyez, cette ligne se rompt, se brise, et par endroits, là, et là, elle s'arrête presque ou repart dans de nouvelles directions. Pourtant, elle va très loin. La combinaison est assez rare. Il se peut que vous viviez longtemps, mais votre existence sera une suite de malheurs, voire de désastres. Ou elle pourrait prendre fin à tout instant. Trop de suggestions ou de possibilités naissent d'une telle ligne, mais un trait les régit toutes : le malheur. Cela est certain.

Elle lâcha la main d'Ives et observa une nouvelle pause.

– Le grain de beauté sur votre nuque est un autre signe maléfique. Les anciens croyaient qu'un grain de beauté à cet endroit prédisait des violences et la mort par décapitation. Le signe est gouverné par Saturne, la planète des grands désastres. Dans votre cas, j'estime qu'il indique une grande détresse mentale, voire une maladie. Je ne saurais dire si l'interprétation littérale quant à votre mort s'applique dans ce cas. Mais la seule présence de cette marque est un signe néfaste.

» La répartition de vos autres grains de beauté laisse entendre un appétit d'autogratification supérieur à la normale. Je n'ai trouvé aucune indication de stabilité, aucun signe qui les contrebalance ou les équilibre. L'ensemble tend vers une seule direction.

» Votre nez possède la courbe qui dénonce la colère et l'agressivité, bien qu'elle ne soit pas prononcée. Vos dents présentent un petit espacement et une certaine proéminence – de nouveau, sans excès. Au mieux, cela annonce volubilité et arrogance; au pire, une propension irréversible à un effondrement total. Cheveux épais, secs; yeux petits et enfoncés : encore une fois, il s'agit de signes funestes, qui indiquent irascibilité, suspicion et méchanceté. Vous pouvez voir se tracer un tableau défavorable. S'il existait une autre interprétation de ces marques, je l'aurais donnée.

» Les lignes de votre front se répartissent en deux groupes. Il se peut que vous ne les remarquiez même pas en vous observant dans un miroir, mais elles existent, et s'accentueront au fil du temps. Le premier consiste en trois rides qui courent horizontalement dans la région inférieure. Elles annoncent des ennuis, sous forme de violence physique, une lutte. Ce sont des lignes que l'on associe au meurtre.

La voix de Miss Tanith n'avait pas varié, mais à ces mots une bombe éclata dans la tête de Bobby.

– Le deuxième groupe, poursuivit-elle, comprend deux rides verticales, l'une qui s'arque comme une parenthèse au-dessus de votre œil droit, l'autre, courte et anguleuse, au-dessus de votre œil gauche. En métoposcopie, elles n'annoncent qu'une chose : une mort violente.

Comme je l'ai déjà dit, chacune de ces sciences peut apporter beaucoup de renseignements. Prises ensemble, leur message ne laisse subsister aucun doute : la violence, la douleur, la détresse mentale, la mort – peut-être la vôtre, peut-être celle d'un autre individu, peut-être l'une et l'autre. Je n'ai encore jamais vu autant de signes convergents sur une seule personne. Mais ils apparaissent sur vous. Tel est le résultat de ma consultation.

Ces conclusions avaient assommé Ives et, bien que sa transe commençât à se dissiper, il ne savait que penser. Plus tard, de nombreuses questions lui viendraient à l'esprit, mais pour l'instant, tout tourbillonnait en lui. Il plongea ses yeux dans ceux de Miss Tanith, en espérant y lire un doute, ou des réserves. Ils brillaient, mais ne lui révélèrent rien.

15

De retour à l'appartement, Bobby se servit quelque chose à boire et tenta de tirer au clair ce qui s'était passé. À l'évidence, Miss Tanith était la voyante la plus authentique qu'il pourrait jamais espérer consulter – de cela, il était certain. Beaucoup de ses tournures de phrases et de ses commentaires avaient été délibérément ambigus, mais pas le message essentiel. La consultation n'avait pas été truquée; Miss Tanith l'avait menée selon un cours aussi consciencieux que déplaisant. Elle avait même prononcé le mot – meurtre – qui avait bouleversé Ives. Qu'avait-elle pu voir d'autre et refuser de dire ? Elle avait parlé de points obscurs, « trop profonds pour parvenir à les décrypter », et Ives se demanda s'il s'agissait d'une allusion à cette vie antérieure en Guadeloupe. Bien qu'elle n'ait parlé que quelques minutes, elle lui avait donné matière à de nombreuses réflexions. Et pourtant, elle lui avait apporté peu de chose. Il manquait l'élément important, l'élément vital, en tout cas. Ives sentait sa curiosité aiguisée, et cela l'ennuyait. Elle avait des pouvoirs réels, elle avait lu en lui, mais sans pousser assez loin. Et elle avait refusé de nouvelles consultations. Cela aussi l'avait surpris.

Peut-être avait-elle vu tout ce qu'il lui était possible de voir. Peut-être que cette violence, le meurtre d'Annie, était la somme de ce que l'on pouvait lire. Mais non, il y avait les signes, les marques, les lignes. Étaient-ils gravés de façon indélébile, ou pouvaient-ils s'altérer dans le cours d'une vie ?

Ives se surprit à songer autant à Miss Tanith qu'aux paroles qu'elle avait prononcées. Sans être belle, elle était séduisante – jeune, presque une adolescente. Ce visage enfantin contrastait avec le ton sinistre et assuré de sa voix. Il ne pouvait nier qu'il avait été très vite conquis par son charme. Ses traits, sa voix, l'obscurité de la pièce, son toucher si excitant – tout avait contribué à faire de lui un participant parfaitement volontaire. Sa capacité à juger lucidement de l'expérience en avait-elle été affectée ? Il voulait déceler des défauts dans la prestation de Miss Tanith mais n'y réussissait pas. Il n'avait qu'un reproche à faire : la consultation n'était pas allée assez loin.

Il passa le reste de l'après-midi à écouter de la musique et se remémorer sa visite chez la voyante. À chaque fois qu'il croyait parvenir à une conclusion, une invraisemblance la jetait à bas. Peut-être Miss Tanith ne possédait-elle pas de pouvoirs psi : peut-être avait-elle tout lu sur son visage dès l'instant où il avait mis le pied dans la pièce. Une bonne professionnelle, même aussi jeune, pouvait procéder ainsi. Mais non. Elle avait lu les signes qu'il portait et avait rendu son verdict. Devait-il consulter une autre voyante, puisque Miss Tanith se refusait à le recevoir de nouveau ? Mais quelles chances avait-il d'en retrouver une autre si perspicace ? Peut-être devait-il la revoir – en dépit de son refus.

Peut-être... Peut-être...

Vers minuit, il descendit dans High Street pour manger un hamburger. Le bruit, la foule le mettaient mal à l'aise. Il avala rapidement son repas et, après avoir flâné un peu, il rentra chez lui. Là, il but un petit verre d'eau minérale et s'endormit. Il faisait encore nuit quand il se réveilla, complètement alerte et frais. Il était un peu plus de cinq heures du matin.

Assis dans l'appartement silencieux, au cœur de la ville silencieuse, en cette heure qui annonçait l'aube, il se sentit plus seul qu'à aucun autre moment de sa vie. Que faisait-il à Londres ? Rien. Il végétait. Il ne connaissait personne maintenant qu'Annie était morte. Il s'était enterré ici, seul, coupé du monde, hanté par un problème dont il ne savait percer l'énigme. Il se demanda s'il ne devrait pas rentrer aux États-Unis. Là-bas, peut-être, il retrouverait le fil de sa vie, la santé, une existence normale. *Admets donc que venir à Londres était une erreur. Admets-le, fais ta valise et va-t'en.*

Il voulait le faire.

Il pouvait presque le faire.

En l'absence de toute autre solution, le changement avait un certain attrait. Un simple changement physique ou géographique suffirait.

Mais y avait-il un fil à renouer ? Les mêmes rapports difficiles qu'il avait abandonnés derrière lui l'attendaient là-bas. Est-ce que cet intervalle de plusieurs mois y aurait changé quoi que ce soit ? Il en doutait. Il serait de retour en Amérique, et se répéterait qu'il avait tué une femme – une femme qu'il aimait.

Pas question.

Ives s'habilla, avala sa dose quotidienne de pilules, et décida de ne plus y penser. Il ignorerait son problème autant que possible. Annie avait eu raison de dire qu'il y réfléchissait trop. Il était temps de ce concentrer sur sa santé – son bien-être physique. Prendre des pilules et du miel ne suffisait pas. Il allait retrouver la forme.

En marchant dans les rues sombres, Bobby commença à développer cette idée. Ce qu'il lui fallait, c'était un régime précis. Une quantité de sommeil soigneusement réglée – en finir avec les horaires erratiques qui le gouvernaient. Debout chaque matin, couché chaque soir, voilà la première chose. Il déterminerait exactement la durée de sommeil qui lui était vraiment nécessaire et s'appliquerait à l'obtenir chaque nuit, selon des horaires immuables. Établir un optimum biologique, et s'y tenir.

Deuxième chose, la nutrition. Il lui faudrait réviser entièrement ses habitudes en ce domaine, également. Les suppléments vitaminés, les pilules de ginseng et le miel, c'était bien, mais il négligeait complètement le reste de son régime. Des produits sains, des fruits et des légumes surtout, chaque jour. Voilà l'essentiel.

Ensuite, de l'activité, de l'exercice. Il ferait de la gymnastique tous les jours à l'appartement. Et du jogging. En approchant de Flower Walk dans Kensington Gardens, il se dit que le parc était l'endroit idéal pour courir. Il pouvait commencer tout de suite, avant que les gens ne se lèvent et n'emplissent les rues. Oui, un footing et des exercices quotidiens, voilà exactement ce qu'il lui fallait. Et peut-être aller dans un club de gymnastique, ou un gymnase, deux ou trois fois par semaine, également. Il devait y en avoir beaucoup dans une ville comme Londres; il en trouverait certainement un à la mesure du budget que lui allouait le gouvernement américain. L'idée semblait bonne. Non seulement il renforcerait son bien-être, mais il rencontrerait des gens, par la même occasion.

Content de lui, Ives commença à courir le long de l'allée. Ses chaussures et son lourd pardessus n'étaient pas prévus pour le jogging, mais ils ne gênaient pas ses mouvements. Il se vêtirait demain de façon plus appropriée. Aujourd'hui, il avait envie de courir, simplement par plaisir. L'air froid rendait sa respiration plus difficile. *C'est la mauvaise période de l'année pour commencer un tel entraînement,* se dit-il. Mais ça n'avait pas d'importance. Ses jambes adoptaient un mouvement aisé de pistons qui ne requérait pratiquement aucun effort et Ives, étrangement, se sentait voler. Il entendait le claquement net et ferme de ses pieds sur le goudron, mais on aurait dit qu'ils touchaient à peine le sol. Cette sensation lui rappela les moments où, enfant, il frappait la balle au base-ball. Quand la batte rencontrait parfaitement le projectile, tout le corps absorbait l'impact sans le moindre frémissement. C'était une sensation délicieuse.

L'air matinal amenait des larmes dans ses yeux grands ouverts et il ralentit pour retrouver un rythme de marche en arrivant au Ring. Il n'y avait que peu de circulation pour l'instant. En se frottant les yeux, Ives se dit que sa vision s'améliorait. Il distinguait parfaitement les étendues du parc qui bordaient l'autre berge de la Serpentine, en dépit de l'obscurité.

Il laissa passer une voiture et traversa jusqu'à Rotten Row. Malgré une course assez considérable en manteau et pull-over, il ne transpirait pas. Il n'était même pas essoufflé. *Je suis peut-être en meilleure forme que je ne le pensais.*

Bobby suivit un moment Rotten Row avant de courir à longues foulées à travers les pelouses en direction de la Serpentine. Personne d'autre en vue. Le sol était inégal et tassé par l'hiver, mais Ives ne trébucha pas une fois, comme si ses pieds percevaient la terre à travers l'épaisseur des semelles. Il atteignit très vite la berge et fit halte, regardant alentour. Des flottilles de canards faisaient la navette. Au loin, un couple de cygnes croisait majestueusement. Ives eut l'impression de pouvoir capter le murmure de tous les animaux présents.

Il resta quelques minutes debout, à jouir du calme et de la tranquillité. L'impression de solitude qu'il avait brièvement éprouvée chez lui était maintenant complètement effacée par la sensation bien plus forte d'appartenir à un endroit particulier, cet endroit, ce parc et ses plans d'eau. Il en faisait partie, de même que le parc faisait partie de lui, comme si l'homme et le lieu partageaient l'identique écho d'une origine lointaine et confuse. C'était ici, après tout, qu'il avait reçu la révélation de son existence antérieure. Combien de vies écoulées étaient enterrées dans ce parc ? Les exécutions, les fosses communes durant la Grande Peste, et combien d'autres innombrables ? Et il avait sa place parmi elles. Ce privilège ne durait qu'une heure environ, avant que la ville s'éveille, et une heure le soir avant que le parc ferme ses portes. Mais c'était suffisant. Pour l'instant, les lieux lui appartenaient, à lui, Bobby Ives.

Il tourna le dos à la Serpentine et traversa la pelouse en direction de Knightsbridge Barracks. Mais il avait à peine parcouru quelques mètres qu'il fit halte.

Il venait de percevoir une présence dans son royaume.

Vers l'extrémité de la Serpentine qui donnait sur Park Lane, un jogger surgit de derrière une haute rangée de buissons. Bien que l'homme soit encore très éloigné, Ives pouvait entendre distinctement le claquement amorti des tennis sur l'allée. Bobby se tint près d'un arbre et observa la minuscule silhouette qui grandissait et avançait régulièrement. Il était stupéfait de discerner les mouvements du personnage à une telle distance. Et – déjà ! – Ives pouvait suivre la respiration du coureur !

Dodu spécimen, constata-t-il, qui tente selon toute évidence de maintenir son poids dans des limites raisonnables. Des cheveux bruns qui tirent sur le roux, bien coupés, la trentaine. Un jeune cadre ? Oui, il portait un label Adidas sur la poitrine de son survêtement. L'acuité des sens de Bobby conférait au monde une coloration surréelle. Bobby sentait vivre une portion intime de son être au cœur de chaque son, de chaque vision, de chaque odeur, de la texture de la terre, de l'air et du goût du matin.

Tandis que l'autre homme s'approchait, Ives recula sous les arbres, s'enfonçant dans leur ombre jusqu'à ce que son visage soit pressé contre l'humidité froide de l'écorce.

Inspiration, une deux foulées.

Expiration, une deux foulées.

Malgré son embonpoint, l'homme maintenait une bonne allure et conservait un rythme égal. Il regardait devant lui sans rien voir, entièrement concentré sur sa course. Quand le jogger l'eut dépassé, Ives lui emboîta le pas, marchant sans se presser, sans penser à rien. En atteignant Ring Road, Bobby vit que le jogger se dirigeait vers le nord-ouest et longeait Temple Lodge, vers Bayswater Road et Queensway.

Ives commença à courir tranquillement.

L'homme en survêtement avait maintenant une avance confortable sur lui. Bobby accéléra et abandonna l'allée pour progresser sur la terre inégale. Une pensée lui traversa l'esprit : il serait amusant de rattraper le jogger et de le dépasser. Ives très à l'aise avec son lourd pardessus et ses chaussures de ville, dédaignant les conforts de l'allée...

Il se mit à courir vraiment. Son corps réagit immédiatement, avec avidité, comme pour l'encourager dans cette voie. L'espace qui séparait les deux hommes décroissait graduellement tandis que la foulée de Bobby s'allongeait. Le manteau, les chaussures et le pull-over ne l'entravaient pas. Il ne remarquait même pas leur présence.

L'homme devant lui n'avait pas ralenti, mais Ives jugeait maintenant ses mouvements mécaniques, comme ceux d'une misérable petite marionnette qui cheminait, tant bien que mal, en quête d'un destin ordinaire. Une grimace de satisfaction se forma sur les traits de Bobby : il gagnait du terrain et allait rejoindre le jogger.

Chaque nouvelle accélération semblait ne nécessiter aucun effort. L'image d'une voiture passant de 0 à 100 km/h en quelques secondes lui vint soudain à l'esprit et disparut, instantanément remplacée par celle d'un grand oiseau, d'un aigle fondant vers la terre – oui, sa course était aussi facile, aussi rapide.

Ses narines palpitèrent en détectant... la sueur de l'homme ? Oui, ce devait être ça ! Comme un infime rai lumineux, un ruban d'odeur chaude. Sa piste. Ives rit distinctement sans interrompre sa respiration. Il se sentait lisse et poli comme le bec de l'aigle, le front, le cou, la poitrine, le dos et les bras vierges de toute transpiration.

Sa force, sa rapidité semblaient même plus grandes que quand il avait débuté sa course, le long de Flower Walk. Ses jambes étaient des fusées, des jaillissements d'énergie. À chaque enjambée, ses bras déchiraient l'air.

Le jogger n'avait désormais plus aucune chance.

Son odeur emplissait l'atmosphère.

Le sourire mauvais qu'arborait Ives s'accentua.

Ives n'avait pas encore atteint la limite de ses possibilités, et dix mètres seulement le séparaient de l'homme. Il rit à nouveau, un ricanement qui montait de sa gorge et se faisait son.

L'homme au survêtement perdit un peu son rythme pour jeter un coup d'œil derrière lui. Le spectacle le fit trébucher, ses yeux s'écarquillèrent et sa bouche s'ouvrit pour appeler.

Brusquement, la course, le long mouvement unique qui l'avait mené du premier bruit près de la Serpentine jusqu'à cette seconde, laissa éclater sa vérité pour Ives, sous forme d'une connaissance intuitive qui triomphait dans son sang sans avoir besoin de l'intermédiaire des mots.

Il percuta l'autre homme de plein fouet, bondissant à travers l'espace qui les séparait, grognant de rage et de mépris; ses mains s'activaient avec frénésie, déchiraient, frappaient, tailladaient la face et le corps du jogger. Au début, sa victime tenta de riposter, de donner quelques coups de pied désordonnés, de se protéger en poussant des cris d'horreur essoufflés. Mais Ives l'avait trop atteint; son visage et sa gorge furent déchiquetés et il mourut, ou du moins perdit conscience, en quelques secondes.

Ives était allongé sur la terre froide, aspirant l'air à grands traits.

Il se redressa pour s'accroupir, puis s'écarta de plusieurs mètres et s'appuya contre un arbre. Le Speke Monument était tout proche. Ives exultait et se sentait terrifié. Il embrassait étroitement le tronc.

Il recula d'un pas. Maladroitement, de ses mains tremblantes, il fit glisser la fermeture Eclair de son pantalon et urina. Puis, ravi mais inquiet, il s'éloigna rapidement. Chez lui, il se regarda dans la glace de la salle de bains et vit le sang autour de sa bouche.

16

Ives décida de patienter. Dans quelques minutes, les pubs fermeraient leurs portes pour l'après-midi et, au même instant, le New Embassy Club ouvrirait les siennes. Il irait là-bas prendre un verre. Il se dirigea vers Leicester Square.

Plusieurs jours s'étaient écoulés sans que rien se passât. Personne n'avait téléphoné à propos d'Annie. Ils étaient tous stupides, et lui, il était invisible.

Bobby avait pris des renseignements auprès d'un certain nombre de clubs de gymnastique, mais les avait tous trouvés coûteux et spécialisés dans des activités restreintes – perte de poids, bodybuilding, etc. – qui ne l'intéressaient pas. Et puis, par hasard, il était tombé sur une petite salle d'aspect décrépi, près de Golden Square, l'Eldorado Athletic Club. Après une rapide inspection de l'endroit, Ives avait acquitté l'abonnement modeste pour le premier trimestre et s'était inscrit. Il avait la possibilité de venir s'entraîner six jours par semaine si le cœur lui en disait, mais il se contentait pour l'instant d'y faire de l'exercice les mardis et vendredis et de se maintenir en forme en suivant un programme quotidien à l'appartement.

En débouchant sur Leicester Square, Ives chercha des yeux un endroit où s'asseoir. Il venait d'acheter un livre de poche, *Le Maître du Haut Château*[1] de Philip K. Dick, et il avait décidé de lire un moment en attendant l'ouverture du New Embassy. Bien qu'on soit en février, la place était couverte de monde, en raison du doux soleil qui brillait de façon inaccoutumée. Ives aperçut un banc que n'occupait qu'une seule personne et y prit place.

Il fixa le dos du livre, mais les mots se refusèrent à revêtir le moindre sens pour lui. Il ressentait une ombre d'inquiétude quand il pensait au jogger grassouillet de Hyde Park. Il avait appris que c'était un comptable du nom de Rowan; on l'avait découvert sitôt après le départ d'Ives. Rowan avait succombé à l'hôpital. Perte massive de sang. L'incident avait connu un certain retentissement dans les journaux pendant deux ou trois jours, et puis s'était vu relégué dans les dernières pages, avant d'en disparaître complètement.

Un détail inquiétait Ives : aucun des articles qu'il avait lus – et il avait vérifié avec un soin extrême – n'avait jamais signalé si Rowan avait ou non retrouvé sa connaissance avant de mourir. Est-ce que la police dissimulait

1. Paru aux éditions J'ai lu n° 567.

l'information volontairement ? Peut-être l'homme avait-il parlé ? Peut-être avait-il décrit son agresseur ?

Ives voulait croire que ce n'était pas le cas. D'ordinaire, les autorités diffusaient le signalement des criminels. D'ailleurs, même si Rowan avait repris connaissance, ce qui était peu probable, ses blessures l'avaient sûrement empêché de parler. Ives se souvenait vaguement des terribles dommages qu'il avait infligés à la gorge de l'homme. Il n'avait rien à craindre. Néanmoins, il avait enfoui son pardessus au fond de son placard, pour ne plus jamais le porter.

Il jeta un coup d'œil à sa montre. Plus la peine d'entamer sa lecture, maintenant. Deux ou trois pages, et ce serait l'heure d'aller au club.

– Vous avez de l'argent ?

Ives tourna la tête. La jeune fille assise à l'autre extrémité du banc le regardait avec nervosité.

– Vous pouvez me donner de la monnaie ? demanda-t-elle.

– Pour quoi faire ?

– Pour acheter quelque chose à manger.

Ives plongea la main dans sa poche et y trouva une pièce. Quand il la lui donna, la jeune fille ne le remercia pas. Elle considéra la pièce de dix pence d'un air mélancolique et releva les yeux vers lui. Il saisit le restant de sa monnaie, soixante pence environ, et le lui tendit.

– Merci, concéda-t-elle, en parvenant à conserver une expression d'indifférence.

– Vous n'avez pas d'argent ? s'inquiéta Ives.

La jeune fille secoua la tête.

– Où est-ce que vous habitez ?

– Par-ci, par-là.

Elle eut un mouvement fataliste des épaules.

– Est-ce que vous avez des amis ?

– Je connais des gens.

– Ils ne vous aident pas ? insista Ives, sans savoir pourquoi il prenait cette peine. Et votre famille ?

La jeune fille haussa encore les épaules. Lentement son visage devenait morose. Elle gardait les yeux fixés sur le goudron de l'allée. Le poing qui contenait les pièces se crispait, se relâchait, se crispait encore pour se relâcher de nouveau, en suivant un rythme soutenu. Ses cheveux étaient d'un blond éclatant, presque blanc, coupés très court, en brosse. Ses traits étaient émaciés, de même que son corps, bien qu'il soit difficile de l'affirmer en la voyant ainsi de profil. Elle portait un pantalon noir et une veste légère sur un T-shirt.

– Vous... euh, vous faites la manche tous les jours ?

– Parfois je vole, aussi, affirma-t-elle avec une touche d'orgueil. Quand vous demandez de l'argent aux gens, en général, ils vous envoient sur les roses et vous traitent comme un animal. Il vaut mieux voler.

– Vraiment ?

– Ouais.

– Qu'est-ce que vous volez ?

Le club était ouvert, à présent, mais la curiosité d'Ives était piquée.

– De tout. Des radios, des fringues, des calculettes. Tout ce qui est facile à transporter et peut se revendre.

– Et où est-ce que vous écoulez ça ?

L'expression butée reparut :

– Merci pour le fric, m'sieur.

Elle se leva pour partir.

– Un instant, fit Ives. Où allez-vous ?

– Manger.

– Attendez, je vous offre le repas.

Bon Dieu, de quoi est-ce que je me mêle, moi ?

La jeune fille se retourna pour le regarder. Sur sa joue droite était dessinée une petite croix gammée au feutre rouge. Une lame de rasoir, une vraie, pour autant qu'Ives puisse en juger, pendait à son oreille. Il essaya de ne trahir aucune réaction.

– Où ça ?

Elle paraissait sceptique.

– À Kensington.

– Si loin que ça ?

À l'entendre, Kensington s'étendait sur les bords du Pacifique.

– Alors il faudra que je paye pour revenir ici, ensuite, pas vrai ?

– Je viens de vous donner de l'argent, lui rappela Ives.

Je suis cinglé.

– C'était de l'argent pour la bouffe, répliqua la jeune fille d'une voix égale.

– O.K., je vous donnerai l'argent du ticket, pour rentrer. Ça va, comme ça ?

Un nouveau haussement d'épaules.

– O.K.

Ils n'échangèrent pas une parole durant le trajet jusqu'à Kensington. Devant la maison de Bobby, la jeune fille eut une courte hésitation. Puis elle cracha bruyamment sur le trottoir avant de le suivre à l'intérieur.

17

– Viens ici.

Bobby était couché sur un coussin appuyé contre le mur, les jambes allongées par terre. La fille errait dans la pièce, examinant les objets qui s'y trouvaient. Elle ramassait un disque ou une revue, y jetait un coup d'œil las et le reposait négligemment pour aller vers autre chose. Ils avaient mangé rapidement, sans beaucoup parler. Ils ne s'étaient même pas présentés.

– Viens ici, répéta-t-il.

– Pour quoi faire ? demanda-t-elle sans le regarder ni se retourner.

– Parce que je n'aime pas avoir à crier pour te parler quand tu es à l'autre bout de la pièce. Viens ici, c'est tout.

– Non merci.

– Qu'est-ce qui se passe ?

– Tu veux baiser. C'est pour ça que tu m'as amenée ici. C'est ce que tu avais en tête, non ?

– Non, pas...

– Pourquoi ne l'admets-tu pas ? Je m'en

fiche, coupa la fille. Il faut que ce soit moi qui le dise, tu es tellement coincé que tu n'es pas capable de le faire toi-même.

– Nous parlions...

– Je m'en fous. Je suis en plein dans mes règles, vieux, alors ça va être plutôt répugnant, mais je m'en fous.

Debout, elle tournait le dos à Ives. Il attendit un instant, mais il semblait qu'elle n'avait plus rien à ajouter. Quelle approche adopter, maintenant ? C'était comme parler à une enfant en colère.

– Où est-ce que tu vis ? demanda-t-il finalement.

– Nulle part en particulier.

Elle feuilletait un livre de poche comme si elle y cherchait des illustrations.

– Reste ici, alors.

Voilà, c'était fait, et énoncé à haute voix.

– Aussi longtemps que tu voudras. Gratuitement, sans problèmes.

Qu'est-ce que je cherche ?

– Pourquoi est-ce que je resterais ?

Elle essayait de charger cette phrase de tout son mépris, mais sa voix trembla une seconde.

– Bon Dieu, tu viens juste de dire que tu n'avais aucun domicile fixe. Je t'en offre un – qu'est-ce que tu veux de plus ? Si ça ne te plaît pas, fous le camp.

La fille s'assit et se tassa, jusqu'à ce que son visage ne soit plus qu'à quelques centimètres du sol. Ives traversa la pièce et vint s'accroupir à ses côtés.

– Écoute...

– Fous-moi la paix.
– Pas question.
Ives lui prit le menton et la força à le regarder. Les yeux de la jeune fille étaient agrandis par la peur et la colère. Il la sentait trembler.
– Écoute-moi. Tu peux...
– Lâche-moi, salaud.
Elle se dégagea d'un mouvement et se mit à pleurer, la face contre le sol.
– Regarde-moi, merde !
Ives l'obligea à se redresser et la gifla sans douceur.
– Tu vas rester ici, dorénavant, tu as bien compris ?
Il la frappa de nouveau et elle poussa un cri.
– Pour...
– Ferme-la et écoute-moi, tu m'entends ? J'essaie de te faire comprendre quelque chose.
Il tira sur son T-shirt et le tissu se déchira comme du papier entre ses doigts. Tout semblait arriver tout seul. Il la frappa à la face de son poing qui serrait encore le lambeau de vêtement.
– Voilà ton T-shirt. Tu le vois ? Tu le sens ? Ça n'est rien du tout.
– S'il vous plaît, je...
Il la gifla.
– S'il vous plaît...
Un gémissement.
Une nouvelle gifle, plus forte.
– J'essaie de te faire comprendre quelque chose, mais tu en es incapable, pas vrai ? tonna Ives. Est-ce que tu veux en finir tout de suite ?

Il la cloua au sol d'un genou en travers de la poitrine, repoussa sa main d'une claque. De sa main libre, il lui ouvrit le pantalon et plongea sauvagement les doigts dans son vagin.

– Tu crois que c'est tout ce qui m'intéresse, hein ?

Il criait presque et sa main tressautait en elle.

– Petite conne, ce n'est pas de ça que je te parle, tu comprends, oui ?

Il retira ses doigts, gainés d'un rouge qui tirait sur le noir.

– Ce n'est pas ça qui a de l'importance. Pas ça du tout.

Ives libéra la fille. Il s'assit et la releva de force, pour la faire s'agenouiller.

– Maintenant, regarde-moi.

Elle avait le visage rouge et humide, mais elle ne pleurait plus et elle croisa son regard pour la première fois.

– Vas-y, mets-toi debout.

Tandis qu'elle obéissait, il lui baissa le pantalon et la culotte jusqu'aux chevilles.

– Place-toi au-dessus de moi, ordonna-t-il.

Elle avança, les yeux mi-clos, la bouche entrouverte. Ives se débarrassa de son pullover et de sa chemise en un seul mouvement. Puis il leva le visage jusqu'à frôler la toison pubienne de la jeune fille.

– Ne bouge pas. Je n'ai pas peur de toi, petite. N'aie pas peur de moi.

Les deux mains d'Ives vinrent se placer au creux des reins de sa partenaire, ses doigts tendus lui couvrant les fesses. Il ouvrit la bouche et la prit; sa langue la travailla lentement, la pénétra jusqu'au plus profond, jusqu'à ce que son goût emplisse Ives et qu'il ne puisse plus respirer qu'avec peine. Alors il revint trouver son clitoris, pour le laper, le sucer, le pousser, fouillant de longues minutes pendant qu'un doigt plongeait plus loin derrière, jusqu'à ce que tout le corps de la jeune fille tremble autour de cet axe. Au bout de quelques instants, il se renversa en arrière et demeura couché sur le dos à respirer bruyamment. Elle avait fermé les yeux et tremblait toujours.

– Baisse-toi, exigea-t-il.

Elle s'agenouilla et vint pratiquement s'asseoir sur le ventre d'Ives.

– Avance.

Il la tira doucement en avant pour l'amener sur sa poitrine, les genoux calés sous ses aisselles. Elle garda les yeux clos, comme il le souhaitait. Elle était lointaine, et pourtant absolument présente, disponible.

– Maintenant, laisse-toi aller, chuchota-t-il. Flotte. Détache ton esprit de toutes ses amarres. L'espace de ton corps et l'espace de ton esprit ne font plus qu'un. Explore-le. Chaque molécule, chaque atome de ton être, tu les sens, tu peux tous les sentir. Laisse filer ce qui t'entrave, ce qui t'emprisonne. Laisse-toi aller, plonge en toi. Saigne. Saigne sur moi. *Vas-y.*

Elle fut de nouveau saisie de tremblements, la tête renversée en arrière, les mains agrippées à ses propres chevilles. Ives la tenait par les hanches et percevait les courbes de son ossature sous ses paumes. Il absorbait les frissons qui secouaient le corps frêle. Soudain il sentit couler le liquide brûlant sur sa poitrine. Un filet, tout d'abord, puis quelques grosses gouttes. Le fluide semblait attaquer et pénétrer sa chair comme du métal en fusion. Il y appliqua la paume de sa main qu'il porta à la bouche. Puis il frotta de nouveau son torse du plat de la main jusqu'à ce que ses doigts soient entièrement poissés de liquide et il en badigeonna les seins de la jeune fille.

– C'est toi. Ce qui se perd, ce qu'on évacue, ce qu'on oublie. Ce néant, cet état inférieur au néant. C'est toi.

Elle l'observa tandis qu'il léchait soigneusement le fluide menstruel qui couvrait la paume de sa main, et quand il tendit ses doigts sombres vers le visage de la jeune fille, elle les accepta, les lapa, les suça, goûta sa propre saveur. Puis elle se pencha vers l'avant et serra Ives contre elle. Plus tard, bien plus tard, il se retourna pour la faire passer sur le dos. Il caressa délicatement son visage, embrassa ses yeux, ses oreilles, sa gorge et ses seins, titillant ses tétons qui recouvrèrent leur fermeté. La main d'Ives remonta avec amour le long du corps de sa partenaire pour se nicher entre ses jambes. Un liquide chaud et salé coula sur sa langue, et il vit que c'était du sang – il s'était ouvert la lèvre sur la lame de rasoir. Il passa sa bouche blessée sur la joue de sa partenaire et fut satisfait de voir encore du sang – le sien – qui se mêlait aux traînées rouges qui striaient déjà le visage de la jeune fille. Enfin ils s'embrassèrent pour la première fois, une lente rencontre, une longue union. Il sortit sa main d'entre les jambes de la fille et l'éleva de façon qu'elle la voie bien. Il mit son pouce en bouche et le suça pour le nettoyer. Elle s'empara des autres doigts et acheva le rituel. Tandis qu'elle agissait ainsi, il lui caressait le corps de son visage, l'embrassant au passage, jouant avec ses seins, explorant la fossette de son nombril, suivant le pâle duvet de son abdomen jusqu'au pubis. Il lui souleva les hanches et enfouit sa face en elle. Elle referma ses cuisses et, en quelques instants, il partagea tous ses tremblements et surprit les faibles rumeurs qui couraient en son corps. Il paraissait vouloir la vider complètement, ou pénétrer en elle à toute force pour s'y engloutir.

Quand il releva enfin la tête, hors d'haleine, il la vit pleurer, les larmes traçant des pistes rougeâtres sur ses joues. Ives la laissa rouler sur le dos et posa sa tête contre son ventre. Elle enserrait toujours le corps de l'homme entre ses cuisses. Elle tendit les bras, saisit le crâne d'Ives dans ses mains pour le maintenir en position.

Il faisait sombre quand Ives se releva. Il s'était assoupi et la jeune fille était probablement toujours en train de dormir. Il alla à la fenêtre et aperçut les lumières d'autres bâtiments, de réverbères, d'un néon. Il pouvait entendre le grondement d'un diesel, un taxi dans une rue perpendiculaire. Il approcha sa montre de la vitre et découvrit qu'elle indiquait presque neuf heures. Il était torse nu et un froid vif commençait à sourdre par la fenêtre.

Au bout d'un moment, il entendit murmurer la jeune fille. Il demeura en place, les mains ancrées sur l'appui de la fenêtre, à observer la cité.

Puis il la sentit qui glissait une main le long de sa cuisse. Elle était sur le plancher, entre ses jambes, et fit coulisser la fermeture Éclair de son jean. Elle le prit dans sa bouche et il la remplit rapidement. Ives laissa ses yeux se fermer et sourit. Quelques secondes auraient suffi pour qu'il jouisse, mais il se pencha et la fit se remettre debout.

Il la plaça face à la fenêtre, lui écarta les jambes et la pénétra par-derrière. Il la trouva étroite et sèche et elle eut un petit cri de douleur quand il poussa. Mais ensuite, ce fut plus aisé. Ives se pencha sur elle, plaqué contre son dos, et enfouit la face dans ses cheveux blonds, contre son visage à elle. Tous deux, devant la fenêtre, ils ondulaient, frémissaient, trouvaient leur rythme. Sa verge était un lourd cristal massif, qui éclata en un million de fragments prismatiques en elle.

Ives laissa la jeune fille près de la fenêtre, la tête posée sur ses bras contre l'appui. Il alla dans la salle de bains et alluma la lumière. Elle était trop vive, aussi la couvrit-il d'un essuie-mains, ramenant son éclat à une douce lueur jaune. Il ouvrit en grand le robinet d'eau chaude, à peine celui d'eau froide, et versa le double de la dose normale de sels de bain. L'eau vira au vert transparent et se chargea d'un panache de mousse. Il jeta une grande serviette sur le carrelage devant la baignoire.

Il traversa la cuisine et entra de nouveau dans la pièce. La jeune fille était par terre, sous la fenêtre. Il la prit dans ses bras et l'emporta dans la salle de bains. Là, il lui ôta sa veste et elle resta debout, nue, à le regarder. Sans savoir ce que pouvaient exprimer ces yeux, il eut le sentiment que leur message était celui qui convenait. Il posa une main sur son épaule, et elle entra dans la baignoire.

– Assieds-toi, ferme les yeux et laisse-moi faire, lui conseilla-t-il. Absorbe la chaleur.

Ives s'assit sur la serviette. Quand la baignoire fut pleine, il ferma les robinets et prit un gant de toilette. L'eau était très chaude, la pièce embuée. Lentement, avec soin, il la lava; les pieds en premier, puis les jambes, le bas-ventre, le torse et les bras, les épaules et le cou, le visage, les mains. Elle se tourna et il recommença le processus. Un sourire de sérénité apparut sur les traits de la jeune fille, comme si elle goûtait pleinement cette expérience. Quand elle parut succomber à une légère torpeur, il la fit s'asseoir, afin de lui laver les cheveux. Puis elle sortit du bain, et il talqua son corps entier, la massa avec précaution et tendresse pour finir par la sécher avec des serviettes.

Elle lui rendit la pareille et il garda les yeux ouverts tout le temps; il l'observait, scrutait son corps comme s'il le voyait véritablement pour la première fois. Elle était mince, fluette comme un jeune garçon. De petits seins, de longues jambes fines – un peu trop fines. Un visage agréable – sa beauté n'apparaissait pas immédiatement, mais il était agréable.

Quand elle eut fini de le sécher, il lui annonça :

– Dorénavant, tu te nommeras Ange.

Ils dormirent dans le berceau que formaient leurs deux corps, bras et jambes entremêlés.

Le lendemain matin – le jour n'était pas encore levé –, ils discutèrent à voix basse sous les couvertures. Ils parlèrent du décès de la mère d'Ange, un cancer, quelques années plus tôt, des disputes à la maison, de son départ et de sa vie à Londres, cinq mois maintenant, à errer d'un endroit à l'autre, à vivre au jour le jour, et tant d'autres choses; les mots coulaient en cascade de ses lèvres jusqu'à ce qu'il ne lui en reste plus.

– Je suis ton père, désormais, lui dit Bobby.

– Je sais.

Il enfouit la tête entre les jambes d'Ange, en cet endroit du monde où il souhaitait plus que partout ailleurs demeurer.

18

Il était plus de quatre heures et demie quand Ives quitta le gymnase. Chaque séance durait un peu plus longtemps que la précédente. S'il s'en tenait au témoignage de ses sens et à l'évidence de ses capacités, il se trouvait actuellement en excellente condition physique. Les exercices quotidiens s'étaient vus multipliés par deux, par quatre et même, dans certains cas, par cinq – et ce, en un laps de temps très court. Il se sentait bien. Il vivait bien.

Cette vie exigeait une discipline et des sacrifices particuliers, mais ils semblaient parfaitement naturels, voire bienvenus. Bobby avait tourné une nouvelle page de son existence. Il subsistait encore des doutes, des incertitudes, mais il commençait à ne plus en être dépendant.

Il ignorait qui il était vraiment, mais il pouvait s'accepter. Et le monde devrait l'accepter également, parce qu'il en faisait partie. Bobby savait que cet argument était simpliste, mais il était persuadé aussi qu'il renfermait une vérité intrinsèque. Il était lui-même sa propre vérité, même s'il ne la comprenait pas pleinement.

Au New Riverside Club, il lut l'exemplaire d'un journal du soir que l'établissement tenait à la disposition des clients. Pas de nouvelles, il ne se passait rien. On avait complètement oublié ce type dans le parc, comme on avait oublié Annie avant lui. Comme c'était triste. Adieu. Ives sirota son verre, satisfait. On ne le démasquerait jamais. Comment serait-ce possible ? Aucun motif. Aucun rapport. Aucun début de piste.

Il était anonyme. Une ombre dans la nuit, l'ombre de la ville.

La question du motif, de ce qui l'avait poussé à tuer cet homme de façon aussi sanguinaire, et Annie si brusquement, émergeait encore chaque jour dans ses pensées. Mais il pouvait vivre sans y répondre. Les incidents s'étaient déclenchés automatiquement. Il n'avait rien prémédité. Il n'avait pas eu l'intention de tuer Annie. Ni le jogger. Rien n'avait été voulu dans ces morts. Elles étaient arrivées, c'est tout.

Ives commanda un nouveau verre et observa la partie de billard en cours. Il eut la tentation de défier le gagnant, mais il décida de n'en rien faire. Il voulait revenir à l'appartement, et baiser Ange.

Dans sa chatte.

Dans son cul.

Dans sa bouche.

Dans ses mains.

De la sucer jusqu'à la faire gémir, crier, jusqu'à ce qu'elle soit au bord de l'évanouissement.

De la baiser avec les doigts, qu'elle ne puisse plus s'asseoir, ni dire un mot, ni l'entendre.

De la voir s'activer sur lui pendant une heure, plus longtemps même, lui faire l'amour, adorer son corps chaque fois d'une manière différente, chaque fois d'une manière efficace, chaque fois d'une manière souveraine.

En deux ou trois jours, Ange était devenue vivante en sa compagnie. Il avait une bonne influence sur elle. Il le voyait bien. Et elle en avait une bonne sur lui. Ils se comprenaient, tacitement, d'une façon qu'il n'avait jamais connue avec Annie.

Ange.

Oui.

Il avait eu raison.

Peu après six heures, son verre terminé, il partit pour l'appartement. Il y avait un léger crachin dans l'air – ce que les Anglais appellent un brouillard. Néanmoins, il décida de rentrer à pied. La circulation trop dense en cette heure de pointe excluait un parcours en bus ou en taxi. D'ailleurs, il appréciait cette bruine.

Ives traversa Park Lane par le tunnel pour piétons d'Aldford Street et entama la traversée de *son* territoire, Hyde Park. Le sol était détrempé et glissant après la pluie de la journée mais, comme l'autre fois, quand le froid avait craquelé et durci la terre, Ives ne fit aucun faux pas. Il s'arrêta un instant et regarda Park Lane derrière lui, comme on contemple un paysage d'apocalypse d'un inviolable sanctuaire. La chenille de trafic qui s'étirait d'un bord à l'autre de son champ de vision, et sa jumelle en sens inverse, toutes deux immobilisées; les voitures, les cages illuminées des autobus; les bâtiments. Des milliers de personnes emprisonnées en transit.

Ils sont à leur place, je suis à la mienne, se dit Ives en poursuivant son chemin. Parvenu à Serpentine Road, à quelques mètres du restaurant, il ressentit une soudaine pulsion et revint sur ses pas vers Hyde Park Corner. Mais très vite, en chemin, il obliqua vers la droite, en direction de Carriage Road. Il empruntait rarement cette route qui longeait le parc. L'allée descendait en suivant la pente naturelle du terrain. Cette petite déclivité était le Dell, le Vallon. Devant lui, les voitures rampaient comme autant d'escargots, tandis que d'autres filaient en vrombissant, jouissant des couloirs dégagés qui les menaient vers l'est.

À mi-chemin du Vallon, Ives fit halte.

Il comprenait maintenant pourquoi il était venu par ici. Il l'avait déjà vu, bien entendu, mais jamais de si près.

Au bord de l'allée, entourée de quelques buissons, s'érigeait une pierre énorme, un mégalithe qui dominait tous les passants. Il se dressait au cœur de l'ombre comme l'ultime vestige de quelque autel primitif. Ives se demanda s'il avait appartenu à cet endroit dès l'origine, ou si quelqu'un l'avait installé là plus récemment. Il préférait sa première hypothèse.

Ives vint se placer près de la pierre. Il tendit

le bras et toucha la surface froide et mouillée. Elle était rugueuse, et il en apprécia le grain, comme il s'y était attendu. Le roc primordial. Même dans les ténèbres, il en distinguait nettement l'aspect. Des plans larges et vastes, considérablement érodés par l'âge et les intempéries – mais aussi vieux que la planète, peut-être.

Ses doigts suivirent le flanc du monument jusqu'au sol. Accroupi dans le noir, il effleura alors la terre. Elle était glacée et ferme, mais la pluie avait commencé à la désagréger quelque peu. Appuyé contre le roc immense, il enfonça les doigts dans l'humus aussi profondément qu'il le put. Il avait la sensation d'agripper la planète en son entier, d'absorber des flux d'électricité jaillis des tréfonds du monde, qui le traversaient pour gagner la pierre et l'atmosphère nocturne, pour les unir en un rite singulier. Ives rejeta la tête en arrière et laissa ruisseler la pluie sur son visage. Une pluie fraîche, claire.

Soudain il sentit une autre sorte d'humidité sur son menton, qui coulait le long de son cou. Un liquide plus chaud, plus épais. Il s'essuya de la main et vit un fluide gorgé de bulles. Il salivait, comme un chien.

Alors son attention revint sur ses mains – la paume en était rugueuse et le dos dur comme de la corne. Une charge électrique grondait au centre de chaque particule de son être, mais ses doigts semblaient avoir perdu leur mobilité. Rigides et crochus, ils appartenaient à des mains sombres, sombres d'autre chose que la terre qu'elles avaient tenue. Ives tenta de retrousser ses manches mais trouva le mouvement difficile. Il lui fallut glisser ses doigts gourds sous le tissu de son manteau, sous son pull, sous sa chemise, et les remonter ainsi. Et tandis qu'il accomplissait ce geste, ses ongles raclèrent une chair qui avait acquis la consistance du cuir – ça continuait ! Les ongles effilés comme des rasoirs déchiquetèrent la chemise et le pull. *Qu'est-ce qui m'arrive ?*

Comme une galaxie de dix milliards d'étoiles au rythme des espaces infinis, ce rythme qui ne se répète jamais, son esprit entra en tourbillonnant dans de nouveaux territoires. C'était un langage sans paroles, biochimique, une musique du corps et des éléments. Il comprit.

La femme sortit de nulle part, le cliquetis de ses talons crevant le cœur de la communion d'Ives. Elle était légèrement courbée pour affronter la pluie et elle portait un petit parapluie; elle dépassa Ives sans même le remarquer. Mais il se releva de sa position accroupie d'un seul bond, en grognant, et ses bras se refermèrent autour de la gorge et de la taille de la passante. Il la souleva aisément du sol et l'entraîna parmi les ombres. Elle donna des coups de pied et se débattit avec furie, mais ses efforts ne représentaient plus pour Ives que des chocs bénins, presque agréables. Des vibrations sonores aiguës et étouffées s'échappèrent de sa bouche en dépit du bras et de la main qui tentaient de la bâillonner, et elles éclatèrent à la face de Bobby comme des feux d'artifice.

Il rampa plus avant dans les ténèbres, traînant la femme avec lui. Son parapluie reposait à terre, juste au bord de l'allée goudronnée.

Bobby avait l'impression que son être entier flambait – qu'il ne brûlait pas au sens courant du terme, mais en un échange actif *avec la femme, avec ses mouvements, avec l'air.*

Mais ça n'allait pas.

La femme était dangereuse, elle représentait une menace pour lui.

Il la frappa, et ses bras étaient raides comme des massues. Encore. Et encore. Et encore. La colère enflait en lui. L'instant aurait pu prendre une telle signification, devenir si beau.

Aurait-elle seulement pu réaliser et comprendre ?

Encore.

Encore.

Elle était belle.

Et pourtant.

Ives eut un geste ample vers son manteau, et des boutons fusèrent. La blouse et la jupe s'arrachèrent en partie, découvrant le bas de son torse.

Un rapide mouvement de la main, et la chair de la femme se déchira en une plaie béante et bouillonnante. Ives approcha son visage du sang qui jaillissait et le laissa emplir sa bouche et ses narines. Ses mains fouaillèrent plus avant dans le corps de sa victime.

– Qui est là ?

Ives s'immobilisa.

– Allons ! Qu'est-ce qui se passe ici ? demanda une voix décidée.

Frémissant de tout son corps, Bobby se mit debout et se retourna. Un homme d'environ cinquante ans se tenait dans l'allée à quelques mètres. Il empoignait une canne à demi brandie dans une posture de défense ou de menace; puis il recula d'un pas.

Soudain Ives courait, passant si vite près de l'individu que celui-ci ne put esquisser un mouvement. Bobby entendit l'homme crier mais ne se retourna pas pour regarder, car le son lui apprenait qu'il n'était pas poursuivi.

Dans Rotten Row, hors de vue, il ralentit jusqu'à un rythme de marche rapide et alla vers le nord, sur Serpentine Road. Au lieu de quitter le parc aussi vite que possible, il s'y enfonça davantage. Il ne s'arrêta qu'une seule fois pour laver le sang qui couvrait son visage et ses mains avec l'eau de la pluie. Son cœur battait une terrifiante chamade, et il tremblait encore de peur, mais il s'obligea à avancer. Au loin, l'homme continuait de crier.

Parvenu au Ring, il tourna de nouveau vers le nord, empruntant l'allée principale jusqu'à Victoria Gate. Aucune sirène de police pour l'instant. Il remonta Bayswater Road, puis descendit Kensington Church Street et rentra chez lui. Il était parfaitement conscient des taches sombres qui maculaient son manteau, mais nul ne lui prêta attention en chemin.

Ives se sentit légèrement soulagé de découvrir qu'Ange était sortie. *Sans doute est-elle allée dans un pub.*

Ses vêtements étaient couverts de sang. Il paraissait y en avoir partout, de la racine de ses cheveux à la plante de ses pieds. Il avait lavé l'essentiel de ce qui couvrait sa face dans le parc, mais il comprit qu'il avait eu beaucoup de chance en n'attirant pas l'attention dans la rue.

Il se déshabilla, prit un bain rapide, puis vint s'asseoir sur le lit, simplement vêtu de son peignoir, et il mangea du miel à la cuillère. Il aurait dû préparer un repas correct, mais il était encore sous le choc et s'en sentait incapable. Ce qui le bouleversait tant, c'est qu'avant l'incident de ce soir, il avait accompli l'ajustement psychologique nécessaire qui devait lui permettre de s'accepter complètement. Il y avait un cauchemar tapi dans son existence, mais tout ce qu'il pouvait faire, c'était l'accepter – et il l'avait fait. Et il constatait qu'il n'exerçait toujours pas le moindre contrôle. Quand ça remontait à la surface, il devenait un être entièrement différent, qui agissait en rapport avec un rythme étrange (la musique de la Guadeloupe ?), toute conscience engourdie, lointaine, comme s'il assistait à la projection d'un film derrière un voile de gaze. Il n'était pas entièrement lui-même.

Ce n'était pas lui. Pourtant, c'était lui.

Ives s'étonna de ces mots. De petits jouets articulés en syllabes, où manquait la poignée du sens.

Sa montre indiquait huit heures une. Il s'arracha à la transe dans laquelle il était plongé et traversa la pièce pour allumer la radio. La voix du speaker tonna dans les baffles :

« ... de la jeune femme est tenue secrète en attendant que la famille ait été prévenue. C'est le deuxième meurtre sanglant qui survient dans Hyde Park ce mois-ci, et la Police Métropolitaine a lancé un appel pour inciter le public à ne pas traverser le parc durant la nuit. Un homme dont l'identité n'a pas été révélée coopère avec la police dans son enquête. »

– Quoi ? s'exclama Ives.

Oh, ce type avec sa canne. Il sera intéressant de voir s'il leur fournit des indications utiles. Est-ce que l'homme leur apporterait assez de détails pour qu'ils puissent dresser un portrait-robot ? Voilà qui serait tout à fait fascinant. Les portraits que la Police de New York avait établis du célèbre Son of Sam s'étaient révélés d'un manque de fidélité notoire. D'autant plus que...

... Ives regarda la chair pâle et le poil blond qui couvraient ses bras.

19

Le matin suivant, pendant qu'Ange dormait encore, Ives prit un nouveau bain. Assis dans la baignoire, il se rasa avec un soin extrême. Le petit miroir de poche qu'il tenait à la main s'embuait et il devait le tremper régulièrement dans l'eau. Il se débarrassa d'environ trois centimètres de pattes. Son visage apparut, d'un blanc rosâtre assez vif, une large surface de chair tendre.

Ives se prépara un bol de soupe, qu'il compléta par son assortiment habituel de pilules. Il prit 1 200 milligrammes de ginseng, le double de sa dose quotidienne. En quelques minutes, il le sentit qui commençait à agir, libérant l'énergie, enclenchant des engrenages en lui. Il avait quelque chose à faire aujourd'hui et il voulait être prêt.

En prenant soin de ne pas faire de bruit pour ne pas gêner Ange, Ives fouilla dans son placard. Il réussit à en extraire son unique costume, en velours brun sombre, sa seule chemise blanche et sa cravate. Il ne les avait portés qu'une seule fois à Londres – le jour où il était descendu de l'avion de Heathrow. Pour faire bonne mesure, il s'aspergea de lotion après-rasage, un geste qu'il prenait très rarement le temps d'accomplir.

Avant de partir, Bobby alla embrasser Ange. Elle papillota brièvement des paupières, mais n'ouvrit pas les yeux.

– Je serai de retour vers midi, lui dit-il, mais il doutait qu'elle l'eût entendu.

Il descendit les marches deux par deux, cogna du poing à la porte de Platt au passage et atteignit la rue, un sourire aux lèvres et le pas élastique. Il se sentait bien.

Ives grimpa dans un taxi, donna des indications et nota qu'il était presque dix heures. Trop tôt ? Eh bien, si ça ne marchait pas, il n'aurait qu'à revenir une autre fois. Il fallait qu'il voie Miss Tanith. Et, bien qu'elle ait affirmé ne pas vouloir lui donner de nouvelles consultations, *il faudrait qu'elle le reçoive*, au moins une fois encore. Sans savoir pourquoi, Ives était sûr de la rencontrer ce matin. Elle devait habiter dans ce sous-sol où elle donnait ses consultations. Et si elle vivait là, Ives était déterminé : il réussirait à la voir sur-le-champ, même s'il fallait la tirer du lit.

Mais il n'y eut aucun problème.

– Je dois voir Miss Tanith, dit Ives à la vieille Irlandaise quand elle lui ouvrit la porte.

– Vous n'avez pas de rendez-vous.

C'était une affirmation, plus qu'une question.

– Non, en effet, euh, bredouilla Ives, mais

je dois la voir. Je suis déjà venu. Je suis prêt à attendre, s'il le faut.

Il devait avoir l'air parfaitement incohérent, mais il comptait sur son expression de détresse pour aboutir.

– Veuillez entrer, dit la femme.

– Merci.

– Quel est votre nom ? lui demanda-t-elle, en le faisant pénétrer dans la salle d'attente.

– Ives.

– En effet, Mr Ives. Je me souviens de vous, à présent. Voulez-vous une tasse de thé ou de café ?

– Non merci.

– Vous êtes sûr ?

– Non merci. Vraiment.

La femme sourit et reprit :

– Très bien. Si vous voulez bien patienter ici, je parlerai à Miss Tanith dès qu'elle sera libre.

– Merci.

La femme quitta la pièce et referma la porte derrière elle. *Qu'est-ce qu'elle a voulu dire ?* s'interrogea Ives. *Dès qu'elle sera libre.* Est-ce que Miss Tanith était déjà au travail ? Ou bien était-elle en train de prendre son petit déjeuner et de lire le journal du matin ?

La pièce était aussi nue que dans son souvenir. *J'ai trop pris de ce fichu ginseng.* Il lui fallait organiser ses pensées, mais il ne savait par où commencer. Pourquoi était-il venu ? En s'éveillant, l'idée avait occupé le premier rang de ses préoccupations. Cela lui avait semblé naturel – il devait revenir voir

Miss Tanith. Une fois de plus, au moins une fois. Mais qu'allait-il lui dire ? « J'ai encore tué quelqu'un hier au soir – que dois-je faire ? Avez-vous de nouveaux commentaires à m'offrir ? Vous aviez entièrement raison – et maintenant, d'autres suggestions ? »

Non, il n'avait pas besoin de lui dire quoi que ce fût – il comprenait cela, soudain. C'est elle qui devait lui parler. Et cette fois-ci, plus que jamais, il fallait qu'elle dise quelque chose à Ives. Une petite onde de soulagement le parcourut. Son initiative était la bonne. Son instinct l'avait amené ici et il comprenait maintenant pourquoi. Elle devait achever ce qu'elle avait entrepris lors de sa première visite. Ives savait à peu près ce qu'elle allait lui annoncer, mais il fallait que cela sorte de sa bouche – c'était le point important, la raison de sa venue. L'idée était plus grande, plus proche, plus nette dans sa tête qu'elle ne l'avait jamais été, mais son énoncé final devait venir de Miss Tanith.

Suis le cours des événements, suis-le – chaque fois qu'il avait agi ainsi, sa décision s'était révélée fructueuse. Il faudrait être fou pour changer brutalement de tactique. Si elle ne disait rien – non, c'était impossible. Il ne partirait pas tant qu'elle ne lui aurait pas dit ce qu'il devait entendre.

Ives prit une profonde inspiration et s'assit au fond de son inconfortable fauteuil. Il tenta de libérer son esprit de toute pensée. Le vide total. *Sois vide, ouvert, détendu.* Il scruta les murs, le plancher; il ferma les yeux et essaya de remplir sa tête de musique. Il commença à reconstituer un passage instrumental des Allman Brothers, *In memory of Elizabeth Reed*, du début à la fin. Le morceau dure près de treize minutes et il venait juste de commencer quand la porte s'ouvrit.

Miss Tanith se glissa dans la pièce et referma la porte. Elle était vêtue d'une longue robe de couleur foncée, semblable à celle qu'elle portait la dernière fois. Ses traits ne trahissaient aucune surprise : elle se souvenait très bien de Ives. Bien que l'éclairage fût médiocre, il était bien supérieur à celui de la pièce dans laquelle elle avait donné sa première consultation, et il put discerner qu'elle était très jolie. Elle semblait plus jeune encore que dans sa mémoire et ses traits évoquaient la beauté des poupées. Ses cheveux étaient plus longs et plus indisciplinés qu'il ne l'aurait cru. Ives se sentit succomber immédiatement à la puissance de sa présence.

Elle s'assit sur le bord du fauteuil qui faisait face à Bobby et le regarda attentivement dans les yeux :

– Pourquoi êtes-vous revenu ?

– Il le fallait, déclara Ives.

– Je vous ai prévenu que je ne ferais pas de nouvelles séances avec vous. Je suis navrée.

Son ton conservait une froideur distante, comme si elle l'observait au microscope. Ses yeux semblaient contenir du regret.

– Je sais, je comprends, assura-t-il. Et je ne suis pas revenu dans ce but.

– Qu'y a-t-il, alors ?

– Vous le savez bien.

Il regretta aussitôt ces paroles. L'impression qu'il donnait était mauvaise.

– Mr Ives, je ne peux rien pour vous.

– Écoutez.

– Je vous ai dit tout ce que je pouvais la dernière fois.

– Non, il y a autre chose.

– Quoi ?

Bobby poussa un soupir. Elle maîtrisait le flux de la conversation à son désavantage.

– J'ai l'impression très forte qu'il y a quelque chose dont vous ne m'avez pas parlé lors de la dernière séance. Je devais revenir. Je sais que c'est nécessaire, et que vous devez le savoir, vous aussi.

– Pourquoi ?

– Pourquoi quoi ?

– Pourquoi avez-vous eu cette impression, soudain ?

– Je... euh...

Où étaient partis ses mots ?

– Il y a une raison, affirma-t-elle avec certitude.

Ives se préparait à dire qu'il l'ignorait, que c'était une sensation suprême, instantanée, mais la pensée mourut alors même qu'elle se formait dans son cerveau. Il savait exactement ce que c'était – la femme qu'il avait assassinée dans le parc la nuit précédente.

– Il s'est passé quelque chose, avoua-t-il enfin.

– Quelque chose dont je vous avais parlé.

– Un peu... oui...

Ives savait qu'il paraissait faible, à la dérive.

Miss Tanith hocha doucement la tête et son expression de regret s'accentua.

– Il n'y a rien que je puisse faire pour vous, Mr Ives.

Elle semblait éprouver des difficultés à prononcer ces mots.

– Il faut que vous me le disiez.

– Vous ne savez toujours pas ?

– Non.

– Les noms ne signifient rien dans ce qui est en train de se passer, expliqua-t-elle. Vous ne comprenez donc pas ? Ça ne servira à rien de bon. A rien.

– Pour moi, ça fait une différence. Il faut que vous le disiez.

– Mr Ives, quand vous êtes venu me trouver la dernière fois, j'ai discerné quelque chose en vous, quelque chose dont je n'étais pas sûre, mais que je ne tenais pas à approfondir. J'aurais pu commettre une erreur, et c'est la raison qui m'a poussée à me taire. Mais après ce qui s'est passé...

Ives sursauta. Elle ne pouvait pas savoir *ça*, pas ce qui s'était passé la nuit dernière ? Non, non, non.

– Et le fait que vous soyez revenu ce matin, je sais que j'avais raison, en voyant cela.

– Quoi ? Qu'est-ce que c'était ?

– *Lupus naturae. Loup-garou*[1].

– Qu'est-ce que c'est, que dites-vous ?

Ives savait qu'il criait presque, mais il ne pouvait se retenir.

1. En français dans le texte.

– Vous portez la marque du loup.

Les mots de Miss Tanith sonnaient comme des pièces qu'on jette sur une table.

– Ce n'est pas possible !

– Oh, si, Mr Ives. Si, c'est possible.

20

– Tu te plais ici ? demanda-t-il.

– Mmmmm-hmmm, répondit Ange dans un ronronnement.

– Je ne ressemble à personne que tu connaisses.

Il cligna rapidement des yeux, pour chatouiller le téton de la jeune fille avec ses cils. Il lui sembla le voir grossir un peu.

– Ça n'a pas d'importance, souffla-t-elle. Je suis heureuse ici avec toi. Les autres ne sont que des gens que j'ai rencontrés quand j'étais seule. Et d'ailleurs, ils ne sont pas si différents de toi.

– Vraiment ? Comment ça ?

– Je ne sais pas.

Ives y réfléchit un instant, en lui agaçant le bout du sein de sa langue. Il se sentait détendu, paresseux.

– Mais tu ne sais pas tout ce qu'on peut connaître de moi. En fait, tu ne me connais pas beaucoup.

– Et alors ? Il y a beaucoup de choses que

tu ne connais pas sur moi. Ça ne compte pas, c'était avant. Je te connais suffisamment maintenant.

– Et si je te disais qu'il y a quelque chose chez moi que tu ne connais pas, quelque chose qui appartient au présent, pas au passé ?

– Tu m'en parleras si tu tiens à ce que je le sache.

Son évidente confiance étonna Ives. En un laps de temps très bref, Ange et lui étaient devenus fort proches, mais cette intimité se fondait principalement sur des relations physiques d'une grande intensité. Il voulait que cette proximité s'étendît à d'autres domaines que celui-ci, mais cela ne semblait pas préoccuper Ange. Son obéissance et sa dépendance devenaient absolues, ce qui était en partie le souhait d'Ives, mais leurs rapports étaient encore loin des liens plus complexes qu'il estimait essentiels.

Ives vint se coucher sur le corps d'Ange et dégrafa avec soin l'épingle de sûreté qu'elle portait à l'oreille, pour en dégager la lame de rasoir qui y pendait.

– Et si je te tailladais la peau, si je te marquais à la joue, là où tu portes ton dessin ?

– Je ne crois pas que j'apprécierais beaucoup, répondit-elle.

Il entailla le lobe de son autre oreille.

– Tu saignes.

– J'ai senti, assura-t-elle avec un sourire.

– Regarde.

Il lui présenta une grosse goutte de sang.

– Ton sang.

– Mmmm.

Elle suça son doigt pour le nettoyer.

– Tu peux me couper à l'oreille, si tu veux, proposa-t-il, comme un jeu. Vas-y.

– Je n'y tiens pas.

– Pourquoi pas ?

Ives lécha le rubis sombre qui perlait au lobe.

– Je t'aime comme tu es. Ton oreille me plaît bien comme ça.

– Pourquoi m'as-tu laissé entailler la tienne ?

– Si tu l'as fait, c'est que tu en avais envie. Ça ne fait rien.

Elle sourit de nouveau, comme pour lui faire comprendre que rien de ce qu'il pouvait lui faire subir ne la dérangeait.

– Là.

Ives traça du tranchant du rasoir une ligne de trois centimètres sur son flanc gauche, juste sous le cœur. Un mince liséré de sang se dessina et commença à couler sur ses côtes.

– Ça fait joli, jugea Ange.

– Maintenant, nous voilà frère et sœur de sang.

Elle éclata de rire.

– Frère et sœur de sang.

Ces mots l'amusaient.

– Mais c'est déjà fait, depuis notre premier jour ensemble.

– Je voulais simplement te le rappeler.

– C'est très important pour toi ?

– Pas pour toi ?

– Comme si tu ne connaissais pas la réponse.

Elle pressa les lèvres sur sa blessure.

– Si, répondit-il d'une voix douce, en la tenant serrée contre lui.

Ange se redressa.

– Donne-moi ça, demanda-t-elle, en lui prenant la lame des mains. Voyons donc tout cela de plus près.

Ives sentit un frisson de plaisir le parcourir, un frisson qu'avait fait naître la soudaine lueur au fond des yeux de la jeune fille. Qu'allait-elle faire?

– Je crois que je vais te couper les cheveux, conclut-elle.

– Les cheveux ?

– Ouais. Tu avais une de ces dégaines, l'autre jour en rentrant, avec ton costard et ta cravate – incroyable. Comme un homme d'affaires, ou je ne sais quoi. Pas étonnant que tu aies eu l'air si déprimé.

– Qu'est-ce que ça a à voir avec mes cheveux ?

– Tout, justement. Je vais te couper les cheveux de telle manière que tu ne pourras plus jamais porter ce costume, au moins pendant quelque temps. Comme ça, tu ne seras plus déprimé.

– Hé min...

Mais Ange s'était déjà emparée d'une poignée de cheveux qu'elle trancha à deux ou trois centimètres du cuir chevelu.

– Là, déclara-t-elle. Maintenant, j'ai commencé. Il faudra que tu me laisses terminer.

– Merde ! Attends au moins que j'aille chercher un miroir pour voir ce que tu fous.

– Non, pas de miroir. Il faudra que tu attendes le résultat final. Pas question de m'influencer. Qu'est-ce qu'il y a – tu n'as pas confiance en moi ?

– Pas comme coiffeuse.

– J'emmerde les coiffeurs. C'est de l'arnaque, de toute façon. Je peux faire aussi bien qu'eux, et ça ne te coûtera pas un sou.

– Il ne manquerait plus que ça, soupira Ives avec résignation.

– Si tu me distrais, ça ne pourra qu'être pire.

Ange s'affaira avec une concentration évidente. On aurait dit qu'elle était absorbée par un ouvrage de sculpture aussi délicat que complexe. Mais Ives sentait bien qu'elle coupait des touffes de cheveux, complètement au hasard.

– Un rasoir, murmura-t-il. Tu sais, ce sont des cheveux que j'ai fait pousser tout seul. J'y étais plutôt attaché.

– Il ne faut jamais trop s'attacher à quoi que ce soit, répliqua Ange.

Au bout de quelques minutes, elle se rassit et poussa un soupir. Ives réussit à ne rien dire et attendit qu'elle parle la première.

– Ne bouge pas. N'y touche pas, non plus.

Ange courut à la salle de bains et en revint aussitôt avec un miroir de poche, un peigne et une petite bouteille. Elle versa un liquide épais mais clair au creux de sa paume et l'en frictionna, pour bien en imprégner ses cheveux. Elle les travaillait, les mettait en forme, donnant un coup de peigne de temps en temps. Puis elle prit la lame de rasoir pour sectionner une dernière mèche.

– Voilà.

– Voilà quoi ? demanda Ives.

– Regarde.

Elle lui présenta le miroir.

Ives reçut l'image d'une coiffure en brosse un peu de guingois, avec des touffes dressées çà et là, sans raie ni dessin net. L'effet général n'était pas sans rappeler la coiffure d'Ange, en plus gauche. Ça n'était pourtant pas aussi catastrophique qu'il l'avait craint. Les cheveux courts le faisaient paraître plus jeune, et changeaient son visage. Il pouvait survivre à une telle coiffure – il le faudrait.

– Tu as l'air chouette, dit-elle pour tâter le terrain.

– Ça n'est pas trop mal, petite garce.

Ives la jeta violemment à bas du lit et l'atmosphère s'alourdit d'un coup, chargée d'électricité. Ange reconnut les signes et y répondit sans hésitation. Elle se recroquevilla par terre, tendue, féline, pour se protéger. Ives lui accorda un long coup d'œil, puis il ramassa sa ceinture qui traînait sur le sol et l'en cingla. Elle leva les bras et dévia en partie le coup, mais la boucle claqua contre sa pommette.

Il frappa à nouveau. Frappa et frappa. Chaque coup plus violent et plus dur que le précédent.

Un rythme commença à s'établir et un miaulement inarticulé échappa à la jeune fille, incapable d'empêcher le choc de la boucle contre son ventre, ses seins, ses jambes.

Quand des boursouflures rouges apparurent, Ives laissa tomber la ceinture et se pencha. Il fit glisser la pointe de sa langue, légèrement, si légèrement, sur les meurtrissures et il savait quelle extase de douleur et de plaisir mêlés déchirait le corps d'Ange. Enfin, il la fit rouler sur le dos et lui écarta les jambes.

Ensemble enfin.

Elle crie doucement.

Il tient son oreille ensanglantée entre ses dents.

21

Le Roxy : pas de lumières vives, aucun fronton, à peine une misérable petite porte qui donnait sur un intérieur sombre et crasseux. Le bar était minuscule et Ives fut irrité de découvrir que son choix se limitait à du Colt 45, de la *lager*, du shandy et des boissons non alcoolisées. Ange et lui commandèrent une *lager*, qui se révéla d'une déplaisante tiédeur.

Les haut-parleurs se mirent à diffuser du reggae tandis que les gens arrivaient et que l'endroit se remplissait peu à peu. Ives trouvait tout le monde très jeune, mais ce qui le frappa le plus, c'était leur apparence. Des cheveux teints en jaune d'un côté, en orange de l'autre. Ou d'un roux sombre, avec une bande blanche au milieu. Des coupes à ras, inégales – comme la sienne à présent, comme celle d'Ange. La plupart des individus étaient vêtus de cuir noir. Des badges, des épingles et des chaînes cliquetaient à l'envi, pendant aux vêtements, aux oreilles, aux joues ou au nez. C'était bien la tribu d'Ange, aucun doute là-dessus. Elle s'assit tranquillement, en buvant sa bière à petites gorgées et en regardant Ives observer son environnement; elle souriait de façon vague. Elle lui faisait découvrir quelque chose.

– Où est-ce que le groupe va se produire ? demanda-t-il.

– En bas. Tu l'entendras quand il arrivera. Qu'est-ce que tu penses de l'endroit ?

Les sourcils d'Ives exprimèrent une opinion ambiguë.

– Tu veux une autre bière ?

La *lager* était infâme, mais il préférait boire, ce soir. Ça l'aiderait à se détendre dans ce club où il n'était pas à son aise.

– Pas tout de suite, répondit Ange.

Ives se fraya un chemin à travers la foule jusqu'au bar. *Où étaient donc tous ces gens pendant la journée ?* Il ne se rappelait pas avoir vu de tels individus dans la rue. Peut-être s'habillaient-ils normalement le jour, pour se transformer en ces vampiriques apparitions, la nuit. Depuis combien de temps tout cela existait-il ? Leur style ne lui plaisait pas mais il y avait un je ne sais quoi en eux qu'il admirait. Ces gens se maquillaient afin d'arborer un aspect excentrique, hideux à la limite, mais ils agissaient avec une fierté délibérée. Ça se lisait dans leur démarche, dans leur façon de parler : leur attitude dépassait la volonté de suivre une mode. Ils affirmaient en sus : *je suis laid, je suis bizarre, regardez-moi.*

Il fit part de ses réflexions à Ange dès son retour, une boîte de bière à la main.

– Ce n'est pas laid, rétorqua-t-elle. C'est différent, voilà tout.

Un titanesque accord de guitare monta des profondeurs. Bobby et Ange gagnèrent la salle de concert. L'endroit n'était qu'une simple cave, minable, comme on en voyait dans tout Covent Garden. On ne s'était pas beaucoup fatigué à l'améliorer. Les murs avaient été peints en noir, quand ils n'avaient pas été tapissés d'affiches. La salle était étroite et humide, dotée d'une scène réduite qui ne devait pas culminer à plus de quinze centimètres du sol.

Le groupe se composait d'un guitariste, d'un bassiste et d'un batteur. Leurs T-shirts et leurs pantalons étaient semés d'accrocs et aucun ne semblait avoir plus de seize ans. Leur musique vomissait des décibels jusqu'à en devenir douloureuse, comme l'avait craint Ives. Le chanteur hurlait et éructait les paroles dans une inintelligible frénésie.

L'assistance, debout devant la scène, se chiffrait à vingt personnes à peine, les autres étaient restés au bar. Ives inspecta la salle, maintenant que ses pupilles s'étaient habituées à la pénombre ambiante. Un banc capitonné serpentait le long des murs; le mobilier ne comptait rien d'autre. *L'absolu dans le dépouillement*, jugea-t-il. Ange et lui se dirigèrent vers le fond de la pièce et s'assirent pour regarder le spectacle.

La première chanson achevée, le groupe se lança sans hiatus dans la suivante. Ives sourit. Les différences ne sautaient pas à l'oreille :

mêmes pulsations, même cadence, mêmes arrangements primaires, mêmes glapissements inarticulés. Ives retrouvait des mélodies des années cinquante, ou des débuts soixante, la même franchise élaguée, que l'on avait dépouillée du moindre soupçon de vernis et de sophistication. Le récital dura une demi-heure. Quelques personnes applaudissaient sans conviction pendant la seconde ou deux qui séparaient chaque chanson, mais la majorité des spectateurs attendait patiemment, debout, comme si le spectacle n'avait pas encore commencé. Quand tout prit fin, guitariste et batteur semblaient au bord de l'épuisement complet; ils s'épongèrent le visage, engloutirent quelques bières et reprirent leur souffle. Puis les trois adolescents sautèrent à bas de la scène avec un sourire éclatant, comme s'ils venaient de triompher d'un important rite d'épreuve tribale.

– Ils ont de l'énergie, dit Ives en se tournant vers Ange.

C'était le seul commentaire positif qu'il trouvait à formuler.

– C'est de la merde, cracha Ange. Une première partie merdique, c'est tout.

Les haut-parleurs reprirent leur diffusion de reggae et les oreilles bourdonnantes d'Ives accueillirent cette initiative avec soulagement. Il remonta jusqu'au bar pour acheter une nouvelle *lager*. Le public avait constitué des cercles serrés de conversation. Ives se sentait plus à son aise, maintenant. L'aspect sans apprêts, sans ostentation de l'endroit – qui aurait pu être la cave de n'importe qui – montrait finalement une vague efficacité.

– Tu regrettes d'être venu ? lui demanda Ange à son retour.

– Non, au contraire, je me disais justement que j'étais content. Je n'ai jamais rien vu de pareil. Ça me file un coup de vieux.

Ange rit.

– Pourquoi ?

– Je ne connais pas les groupes, la musique – ce n'est pas celle que j'ai connue adolescent. Et ils ont tous l'air d'avoir l'âge d'aller au lycée.

– Comme moi.

– Comme toi, mon Ange.

– Tu as quel âge ?

– Devine.

– Tu as une tête à avoir vingt-six, vingt-sept ans, estima-t-elle après un examen de son visage.

– Tu n'es pas tombée loin, sourit Bobby.

– C'est vieux.

Ange lui tapota la cuisse et laissa sa main posée là.

Le groupe suivant apparut, trois garçons, une fille. Ives s'attendait à ce qu'on annonce leur nom, mais il fut déçu. Les quatre jeunes gens se lancèrent brutalement dans un rock furieux. Qui qu'ils puissent être, ils se montraient nettement supérieurs au groupe précédent. La musique était plus maîtrisée, plus percutante et intéressante. Il pouvait même distinguer quelques paroles. Rien de bouleversant – l'ennui, la révolte, la mort et autres maux endémiques des adolescents – mais du moins, le chanteur était-il efficace.

Ils irradiaient une aura de malveillance et d'agressivité qui paraissait authentique et non feinte. Les rythmes et les arrangements témoignaient d'un peu plus de recherche et atteignaient des pulsions profondes, plus viscérales. Leurs chansons contenaient une atmosphère de danger indéfini qui jouait sur les nerfs, comme un orage qui gronde et envahit le ciel, altérant l'air et la lumière dans leur essence, pour les charger d'une imminente menace. Le public du Roxy fut immédiatement branché sur cette musique. Ç'aurait pu être une audience complètement différente de celle qui avait suivi le premier groupe. Ils dansaient sans retenue devant la scène. Les bras fermement collés au corps, ils bondissaient et se tordaient comme des poissons à l'hameçon, secouant la tête et le torse, en se carambolant violemment. Le chanteur ne jouait d'aucun instrument, il en profita pour décrocher le micro de son support et se joindre à la foule. Il dansa avec eux en leur hurlant les paroles de sa chanson à la face. Puis il regagna la scène et la chanson s'arrêta sur un ultime fracas.

Le même jeu de scène se répéta à chaque nouvelle chanson, mais avec une énergie et une intensité accrues, tandis que l'électricité saturait lentement la salle. Une émeute allait-elle éclater ? se demanda Ives. Sans bouger de son siège, il se sentait happé mentalement par ce qui se passait. Quelque chose devait casser. Il n'avait jamais connu une musique qui charriât une telle force brutale, une telle puissance. Ce n'était qu'un rock and roll brut, primitif, mais c'était de l'authentique.

Il n'y eut ni émeute ni problème. Le groupe termina sa prestation, jeta ses instruments sur le plancher de la scène et s'éloigna sous un tonnerre d'acclamations et d'appels au *bis*. Ives découvrit qu'il était assis au bord du banc, que la plante de ses pieds était douloureuse d'avoir scandé le rythme et que sa tête grondait dans le contrecoup de ce silence. Il recula pour s'adosser au mur.

– Pas mal, articula-t-il. Ça n'était pas mal du tout.

Ange lui adressa un sourire.

– Je viens d'apercevoir une personne que je connais, je vais lui dire bonjour, O.K. ? Je reviens.

Ives acquiesça et la suivit des yeux tandis qu'elle traversait la salle pour se fondre dans la foule. Le reggae passa de nouveau dans les haut-parleurs, mais Ives le trouvait maintenant répétitif. La pure agressivité de la musique l'avait emporté à une vitesse supérieure et il retournait lentement à son état normal. Jamais il n'avait assisté à un tel concert – tous les autres devenaient de courtoises et anodines manifestations par comparaison. Sans être certain d'aimer ça, il était impressionné. C'était vulgaire, grossier, bruyant – sa tête battait douloureusement – mais il y avait une pulsion vitale. Il était content qu'Ange l'ait convaincu de venir ce soir.

À propos, où était-elle ? Elle était partie depuis un moment. Bobby sentit une pointe de peur s'insinuer dans ses pensées et une voix lui susurra qu'elle avait pu l'abandonner, partir, disparaître de sa vie. Mauvaise surprise, très mauvaise surprise. Il se répéta qu'il n'y avait aucune raison de s'inquiéter. Mais il décida de remonter au bar et de regarder s'il trouvait Ange sur le chemin. Elle le trouva avant.

– Oh, tu es là, lança Bobby.

– Tu me cherchais, ou tu tentais de t'enfuir ? le taquina Ange avec un large sourire.

Ives passa son bras autour des épaules de la jeune fille, soulagé et amusé à la fois par sa réflexion.

– Je te cherchais et j'allais me prendre une autre bière.

– Bobby, j'étais en train de discuter avec ma copine, dit Ange, soudain sérieuse. Ça n'est pas exactement une copine, mais je la connais assez bien. Son petit ami l'a vidée aujourd'hui et elle ne sait pas où passer la nuit. Est-ce que je peux lui dire de venir chez nous, s'il te plaît ? Pour une nuit, deux, pas plus ?

Bobby se rembrunit. Ange lui avait soufflé tout ce petit discours à l'oreille, d'un seul trait, et il ne savait pas comment réagir.

– Je ne crois pas que j'aimerais avoir quelqu'un d'autre dans la même pièce que nous, bougonna-t-il.

– Elle ne sait pas où aller, insista Ange. Nous sommes en hiver, il fait un froid de canard.

– Bon, bon, O.K. concéda Ives. Mais rien qu'une personne, et demain, il faudra qu'elle se trouve un autre logement.

– Promis. Je vais la chercher. Merci, chéri.

Ange ramena son amie, Linda. Elle était petite, mince, blonde et jeune, pratiquement la jumelle d'Ange. Elle portait les cheveux plus longs, une coiffure plus féminine. Elle était plus jolie qu'Ange, mais moins intéressante de visage. On pouvait discerner de l'intelligence à tout moment dans l'expression d'Ange, mais Linda, bien que plus charmante, affichait des traits inexpressifs.

À l'issue des présentations, le retour sur scène du premier groupe décida Ives et ses deux compagnes à partir.

– D'où viens-tu ? demanda Bobby dans le taxi qui les conduisait à l'appartement.

– De Woking.

Les yeux fixés sur l'extérieur, Linda n'avait visiblement pas envie d'en dire plus.

Une fois rentré, Ives se laissa tomber sur le lit, un pot de miel à la main. Ange feuilleta brièvement un magazine avant de se changer. Linda avait disparu dans la salle de bains.

– Elle ne va pas passer la nuit là-dedans ? grommela Ives au bout de quelques minutes. Je veux y passer avant, si c'est son intention.

– Non, bien sûr que non, répondit Ange. Est-ce qu'elle peut dormir avec nous ? Tu n'as qu'une seule couverture, et avec le courant d'air qu'il y a ici, le plancher risque d'être frisquet.

– Ça m'est égal.

Ives trouvait tout cela aussi prévisible que grotesque.

– C'est ce que je me disais, fit Ange, avec un grand sourire.

Ainsi donc Bobby allait passer la nuit avec deux filles. Il ne pouvait qu'admirer la dextérité d'Ange. Elle parvenait à rendre un énorme service à sa copine, en lui offrant un endroit où dormir cette nuit, et en même temps à faire de cette amie un cadeau pour Ives. Il avait compris cela à sa façon de le scruter, de guetter des signes de satisfaction.

– Elle n'a pas d'affaires, des vêtements ou je ne sais quoi ?

– Elle doit encore avoir deux ou trois trucs chez Brian.

– Qu'est-ce qu'il y a eu entre eux ?

– Je ne sais pas exactement. Elle m'a dit qu'il l'avait flanquée à la porte. Ils ont dû se disputer.

– À quel sujet ?

– Demande-le-lui.

Ives rangea le pot de miel, se déshabilla et se glissa dans le lit.

– Je croyais que tu voulais aller à la salle de bains, murmura Ange.

– J'ai surtout envie de dormir.

Voilà qui lui démontrerait que ses petites manigances ne l'intéressaient pas.

Il fut surpris de constater qu'il avait effectivement envie de dormir. *C'est toute cette mauvaise bière*, se dit-il. Il n'entendit pas Linda qui revenait, ne remarqua pas que les deux filles se mettaient au lit. Le bourdonnement rémanent de la musique le mena vers l'inconscience en un instant. La musique avait été bonne... la musique... la musique...

À leur réveil, au matin, ils firent l'amour à trois, à demi endormis. Bobby et Ange, Linda et Ange, Bobby et Linda. Ils restèrent au lit jusqu'en début d'après-midi, glissant par intermittence dans un léger sommeil.

Quand Ives se rendit dans la salle de bains pour se laver et s'habiller, il n'était toujours pas pleinement éveillé. Il sentait que quelque chose n'allait pas. Comme s'il s'était embarqué à bord d'un bateau qui s'éloignait lentement, imperceptiblement, de sa route normale.

Il devait y réfléchir.

Il devait faire quelque chose.

22

En vérité, il s'agit d'une forme de folie telle qu'on n'en saurait rencontrer dans la plupart des asiles d'aliénés.

Ives attrapa au vol un bus nº 9 en direction du centre-ville. Il considéra Hyde Park à sa gauche, à travers la vitre éclaboussée de pluie. Aujourd'hui, ce n'était qu'un terrain quelconque, triste et pitoyable, au centre d'une ville lugubre. La lumière grise n'éclairait aucune magie, aucune promesse, aucune clé de son identité. L'endroit n'était vraiment pas de ceux qui jouent un rôle important dans la vie de quiconque, lui moins que n'importe qui.

Il tenait une discussion avec lui-même. Il *fallait* que Miss Tanith ait fait erreur. Pourtant, un trou noir était tapi au creux de son ventre, un minuscule trou noir qui l'aspirait entièrement. Sa fameuse vérité finale ne résolvait rien. Il devrait la suivre jusqu'à son terme, même si elle le menait à la mort. Que signifiait la mort, de toute façon, au regard de ce qui s'était passé en Guadeloupe et au Viêt-nam ?

Une nouvelle gare sur le chemin. Être vivant, être humain, plus qu'humain, même – il ne pouvait plus trouver de sens à de tels concepts. Il se sentait comme un bagage qu'on transportait vers une destination inconnue pour des raisons qu'il ignorait.

Il avait éprouvé des moments de paix aux côtés d'Ange, de paix et de plaisir. Il appréciait sa compagnie; quant à Linda, sa présence ne le gênait pas. Mais l'une et l'autre n'offraient guère qu'une satisfaction temporaire.

...pour satisfaire leur goût de chair humaine, ou à la suite d'un arrêté des dieux, comme châtiment à la suite de quelque grave offense...

Ses seuls moments d'harmonie pure et authentique, il les avait connus quand il avait... changé et qu'il avait tué. Il avait déjà tenté de confronter, d'accepter ce fait, et même d'exulter à cette pensée, mais il ne pouvait échapper à la vérité : cela le terrifiait. Cet infini moment de puissance, ce moment qui combinait existence et action, pouvait représenter l'aboutissement de sa vie entière, entre l'instant présent et le Viêt-nam, jusqu'à la Guadeloupe et même au-delà. Mais il lui laissait un goût de fiel. Ce trou noir dans lequel il s'abîmait était une maladie, un désordre morbide d'une cruauté meurtrière. Ça ne pouvait pas durer; il fallait que ça cesse, point final, pour toujours. Et pas seulement dans cette existence. Il voulait se désintégrer, éparpiller ses atomes pour que jamais ils ne se ressoudent en une entité consciente.

– Ce n'est pas ma faute, dit Ives, presque à voix haute, dans le bus.

Je ne peux pas contrôler ce que je suis. Attrapez-moi. Arrêtez ce qui est en train de se passer. Annihilez-moi. Arrêtez-moi, je vous en prie.

Une vague de mépris le traversa soudain. Ça n'arriverait pas. Il était trop malin pour qu'on l'attrape, il ne permettrait jamais que cela arrive. C'était hors de question. Il tuait ? Et alors ? La vie, la mort, tout cela était sans conséquences. Il était pris dans un panorama beaucoup plus grand, peut-être pas surnaturel ou paranormal, comme semblait le croire Miss Tanith, mais un niveau d'existence supérieur à celui des autres. Ceux qui ne pouvaient même pas comprendre *où* il se situait. Miss Tanith commettait probablement une erreur, mais elle, au moins, avait une notion de ce que Ives connaissait. Mais les autres, ce docteur par exemple, n'y entendaient rien. Il se laisserait entraîner jusqu'au bout, où qu'il soit. Pas parce qu'il était incapable d'y rien changer (il y avait toujours la solution du suicide, qui apporterait une conclusion à cette existence-ci, au moins) mais parce qu'il voulait se laisser porter.

Les hommes sont saisis par cette folie dans les premiers temps de l'année et leur fureur atteint son zénith en février...

Ives descendit du bus à Piccadilly et se dirigea vers l'Eldorado, son gymnase. C'était bon de s'entraîner, presque aussi bon que de faire l'amour. Mais comme le sexe, ça restait une solution incomplète, une ombre fugace de ce qui importait vraiment. Le sexe et la dépense physique apportaient une absence temporaire de conscience par immersion complète dans son être physique. Mais ces autres moments... quand son esprit se transformait, s'amplifiait, que ses perceptions s'aiguisaient, que son intelligence s'accroissait... L'expérience totale, transcendante, était là.

Il y réfléchit en sautant à la corde et il lui vint une nouvelle idée. La métamorphose se reproduirait très bientôt, c'était probable. Plusieurs jours, une semaine quasiment, s'étaient écoulés depuis le dernier incident. Maintenant ses pensées orbitaient autour du sujet, comme des débris spatiaux autour d'un corps céleste. Pendant deux ou trois jours, il n'y avait plus pensé; mais cela se remettait en place et il sentait que ça approchait.

Et s'il avait raison ? Oui, il le fallait, il le fallait. La cadence de ses sauts s'accéléra. Il avait la certitude d'être parvenu à une découverte importante. L'étape suivante de sa route ? Si c'était le cas, cela signifiait peut-être qu'il finirait par complètement contrôler la métamorphose. Ça ne s'était produit que trois fois jusqu'ici, mais il pensait voir un agencement se dégager. Désormais, pour peu qu'il sente le phénomène arriver, qu'il puisse l'anticiper...

Ives laissa tomber la corde et s'assit sur un banc pour coordonner ses pensées. S'il existait effectivement une progression, il pouvait la comprendre, apprendre à s'en accommoder, et finir par la tenir sous son contrôle. Voilà ce qu'avait annoncé cette sensation d'énervement pendant qu'il se rasait. C'était le premier signe.

Il y a un moyen. Je le trouverai. À travers le plus noir, le plus dense de tous les gouffres nocturnes. La rédemption.

Pourquoi ce mot lui était-il venu à l'esprit ? Ives entreprit ses séries de pompes. Voilà bien un mot qu'il n'avait plus entendu depuis quinze ans, sinon plus. Il ne signifiait rien pour lui, et pourtant il avait surgi de ses pensées sans prévenir. Le salut, la rédemption; ces termes n'avaient pour lui aucune valeur. Pour lui, cela ne voulait dire qu'une chose : l'influence; non, le contrôle – encore ce mot. Le contrôle de sa propre existence, le contrôle de tout ce qu'il faisait.

Oui, le trajet s'annonçait difficile, mais il se frayerait un passage. Il récupérerait quelque chose de sa vie. Récupérer, et non pas racheter. Rien ne pouvait plus racheter le gaspillage de ces trois vies dont il était responsable.

Ives sentit qu'il s'enlisait dans un marécage de débats moraux et se résolut à l'éviter. Un piège, un entrelacs inutile de contradictions et d'angoisses qui le rongerait s'il le laissait agir. Pour y échapper, il bondit sur le trampoline et s'abandonna à son étourdissant usage.

... *car ceux qui s'en croyaient affligés se pensaient mués en chiens et en loups...*

Un verre en main, un peu plus tard, Ives s'attacha aux deux mots qui lui paraissaient importants : « *s'en croyaient* ». Est-ce que cela voulait dire que ces gens ne subissaient pas réellement une transformation physique ? Qu'il n'était question que d'une gigantesque illusion ? Mais bien sûr. Cela semblait plus logique, si l'on adoptait le point de vue du psychiatre, plutôt que celui d'une nymphette de Marylebone qui se prétendait investie de puissance psychique. Mais un psy était bien la dernière personne au monde qu'il tenait à rencontrer. *Je ne suis pas si mal en point, je peux m'en occuper comme il faut tout seul*, se dit-il.

Ce qui n'allait pas, c'était son entière discipline de vie. Ces longues marches obsessionnelles dans Hyde Park. Et Hyde Park même, une sorte de cimetière historique (Dieu sait combien de personnes y avaient été enterrées au fil des siècles) qui alimentait son humeur morbide. Ses habitudes de vie, entre le parc et les clubs, et l'antre sinistre de son appartement. Deux adolescentes qui entretenaient ses fantasmes. Rien n'était comme il l'aurait fallu. Son entraînement au gymnase représentait un pas dans la bonne direction, mais ça ne suffisait pas.

Aujourd'hui, il avait ressenti une impression de réussite partielle. Il fallait continuer, se hisser à partir de là pour atteindre la maîtrise de son être et de son environnement. Il n'y avait que cette unique solution.

Les hommes sont saisis par cette folie dans les premiers temps de l'année et leur fureur atteint son zénith en février, quand ils se retirent pour la nuit dans des cimetières isolés et vivent précisément à la manière des chiens et des loups.

23

Ce soir-là, Ives reçut deux chocs.

Après manger, il s'assit pour lire le *Herald Tribune*, l'édition parisienne. Ange et Linda venaient de partir pour l'appartement de Brian. Linda avait finalement rassemblé assez de courage pour aller chercher ses affaires. Ange l'accompagnait en renfort, au cas où Brian aurait eu envie de faire des difficultés. S'il n'était pas là, tant mieux; Linda savait comment entrer.

Ives ne parvenait pas à se concentrer sur son journal. Il continuait de penser qu'il lisait le mauvais quotidien. Quand il comprit soudain ce qui n'allait pas, il poussa un grognement de consternation. Il avait oublié de suivre les journaux après son agression de la femme dans le parc. Quel abruti il avait été, de laisser passer ça. Qu'est-ce qui lui avait pris ? Il avait rendu visite à Miss Tanith, il avait ruminé, réfléchi, rêvé. Et il s'était conduit comme un imbécile, avec une dangereuse imprudence. Putain de merde. Il devait sortir immédiatement et retourner la ville entière pour retrouver les quotidiens de cette période. Le moindre détail pouvait se révéler important pour lui. *Et merde. C'était peu de chose*, argumenta-t-il avec lui-même en tentant de recouvrer son calme. Mais ses tripes semblaient se dissoudre. Il avait commis une erreur. Elle avait beau être insignifiante, c'était une erreur, et elle démontrait qu'il pouvait en commettre de nouvelles. Son arrestation entrait dans le domaine du concevable, la semaine prochaine, le mois prochain... ou demain. S'il laissait un détail pareil lui échapper, comment pourrait-il jamais espérer exercer un contrôle quelconque sur le reste de son être ?

Il fallait qu'il prenne un bain. Tremper, suer, tenter de remettre de l'ordre en lui. Il avait eu l'impression de découvrir brusquement des taches de sang sur son visage.

Le temps de gagner la salle de bains et de faire couler l'eau, il s'était un peu calmé. C'était une étourderie, il devait le reconnaître, et c'était un signe inquiétant. Mais ce n'était pas un désastre et il pouvait en tirer une leçon importante. Rien de semblable ne devait plus lui échapper, désormais. Son oubli lui avait enseigné combien il était proche de la prison ou pire, de l'asile. On trébuche toujours à cause des petits détails. La fois suivante, on tombe.

Il n'arrivait toujours pas à y croire. Oublier de lire les journaux. Putain, c'était si évident. Qu'allait-il bien pouvoir inventer, la prochaine fois – s'il y en avait une – abandonner sa carte de sécurité sociale sur le lieu du crime ? De la négligence, une négligence incroyable. Il se sentait malade, nu. Vulnérable. Mais il était résolu à faire face aux conséquences pour tout retourner en sa faveur. Il voyait là un avertissement, un signal d'alarme, et l'incident y puisait son seul aspect positif. Il fallait s'attendre à commettre des erreurs, mais si on en tirait les enseignements et qu'on n'en laissait pas passer une de trop...

Ives émergea de son bain, propre et las. Une migraine tambourinait sans désemparer dans son cerveau et quand il se pencha pour ramasser ses vêtements, elle expédia des douleurs fulgurantes dans son front. *Est-ce un nouveau signe ?* se demanda-t-il. Une indication que l'attaque suivante approchait ? En ce cas, il l'enregistrerait et s'en occuperait avec toute l'attention souhaitée.

Ives ouvrit l'armoire à pharmacie et chercha l'aspirine. Le second choc. Quand il prit la bouteille verte, un petit morceau de papier, plié plusieurs fois, papillonna en tombant de l'étagère. Surpris, il le cueillit dans le lavabo et le déplia avec des doigts tremblants. Il reconnut le papier beige à l'ancienne. Puis l'écriture.

Mon tendre chéri,

Cette journée a été une des meilleures que j'aie passées depuis longtemps, et je voulais juste te laisser ce petit mot que tu trouveras un jour, pour te remonter le moral et te rappeler qu'il y a quelqu'un qui t'aime très fort. Pense à moi, je pense à toi.

Annie

La bouteille d'aspirine s'écrasa au sol tandis qu'une de ses mains cherchait un appui sur le lavabo. Le morceau de papier élégant se froissa dans l'autre. Tout monta en lui et Ives se plia en deux, secoué de violents vomissements. Quelques minutes après s'être vidé, son corps était toujours secoué de spasmes stériles.

24

Ça arriva quelques jours plus tard.

Bobby avait senti croître sa nervosité, comme s'il approchait d'un examen capital qu'il lui faudrait réussir pour sauver sa vie. C'était peut-être bien la vérité littérale. Il parlait peu avec Ange et Linda et se montrait rien moins qu'enthousiaste quand il s'agissait de faire l'amour avec elles. Il était dans la position d'un champion en entraînement, sans qu'il ait aucune idée de la forme que prendrait l'affrontement.

Ange et Linda étaient allées dans un pub écouter un groupe qu'elles aimaient et Ives avait refusé de les accompagner. Il ne se sentait pas d'humeur à endurer une salle de bar surchauffée, étouffante et enfumée, ni une musique tonitruante. Il préféra en écouter sur sa chaîne puis tenta de rédiger une lettre pour quelqu'un qu'il n'avait plus revu depuis deux ans. Il finit par s'assoupir. Il entamait un rêve qui le ramenait en Amérique, quand la cassette s'acheva sur un claquement sec et le réveilla.

Il était pratiquement dix heures. Il savait qu'il ferait mieux de rester chez lui, mais il avait faim, de choses plus substantielles que celles que contenait la cuisine. *Rien de décent pour un estomac humain*, fut son jugement acerbe tandis qu'il s'habillait pour sortir.

Il acheta une portion de morue et de frites et rentra tranquillement en direction de Kensington Gardens. Le froid ne le gênait pas et le ciel était tellement dégagé qu'il décida de s'asseoir pour l'admirer un moment. La nourriture était bonne, également, sa chaleur lui brûlait la gorge et il se régala de cet arôme chargé de graisse mais merveilleux du *fish and chips*. Ives laissa l'emballage de papier journal déplié à l'air libre.

Si je savais identifier les étoiles, songea-t-il en fixant le noir de l'espace... *Les astronomes se servent de noms précis, non ? Tout n'est pas affublé d'un nombre ? Chaque chose devrait avoir un nom. Et tout devrait être connu.*

Deux policemen survinrent, lui jetèrent un coup d'œil rapide avant de continuer leur ronde. *Je suis là*, leur lança Ives mentalement. *Arrêtez-moi. Je suis assis, je vous attends. Je suis en train de tout vous confesser. Je n'y peux rien si vous n'êtes pas télépathes.*

En fait, Ives était content de les voir. Le parc devait grouiller de policemen en patrouille. C'était un élément important qu'il lui faudrait garder à l'esprit. Il se ferait repérer, simplement parce qu'il se promenait seul.

Mais, bien entendu, il ne ressemblait pas au « forcené velu » qu'avaient décrit les journaux (Ives avait pris la peine d'effectuer des recherches) d'après le récit du seul témoin de son dernier meurtre. *Merci, Ange, pour ta séance de coiffure. Maintenant, je ressemble à n'importe quel punk ahuri. Je devrais peut-être me teindre – non, ça pourrait inquiéter Mrs Jackson et je ne le veux pas.* La vieille femme s'aventurait rarement au-delà du rez-de-chaussée et, pour autant qu'Ives le sache, elle ignorait complètement la présence de deux adolescentes nubiles dans son appartement.

Bobby termina son repas et remonta l'allée, à la recherche d'une corbeille à papier. Le temps d'en trouver une, et il avait décidé de continuer sa promenade vers le nord, en direction de Queensway, plutôt que de rebrousser chemin pour rentrer. Il savait qu'il n'aurait pas dû, mais il se sentait bien, plein de confiance. Il se demandait avec intérêt s'il y aurait beaucoup d'autres policemen en vue. De Queensway, il pourrait prendre le métro pour se retrouver rapidement sur Kensington High Street.

Le parc était désert. *Tu vois ce que tu peux accomplir ? Changer les habitudes de vie d'une ville entière. Des milliers de personnes terrifiées par une seule modifient leurs plans pour se tenir à l'écart des étendues de Hyde Park. Une seule personne, plutôt maigrichonne, d'ailleurs.* Ives trouva l'idée si drôle qu'il manqua d'éclater de rire. *Si seulement je pouvais faire parvenir un message aux Londoniens : Hyde Park m'appartient, alors tenez-vous à l'écart. Les contrevenants seront poursuivis. Sans semonces préalables. Oui, ce serait fabuleux. Robert Ives, gardien. Conservateur de la crypte. Voilà Hyde Park : une immense crypte. Combien de morts reposent ici, sous l'herbe et les allées ? Les épidémies, les incendies, les pendaisons... des siècles de morts. Comptabilisez bien les crânes et les ossements, gardien. Il en est mort autant ici, dans un des lieux les plus populaires de Londres, qu'à Bergen-Belsen. Ce sont mes enfants. Faites ceci en souvenir de...*

Bon Dieu. Bobby fit halte. Il ressentait un vertige. *Détends-toi. Tous ces fantasmes dingues qui bouillonnent sous ton crâne. Assieds-toi.* Il se dirigea vers un banc.

Ça essaye, se dit-il, *ça essaye de toutes ses forces, les choses se mettent en branle, à l'intérieur. Je n'aurais pas dû venir ici. Jamais. Mais c'est le seul endroit où je me sente parfaitement à l'aise. Paisible, tranquille, naturel.* Ives ferma les yeux. Il n'avait pas bu une goutte d'alcool de toute la journée, mais ses pensées semblaient tournoyer dans sa tête comme sous l'effet d'une forte ivresse. Il ouvrit les paupières à nouveau et se concentra sur un arbre au loin, pour s'obliger à se reprendre en main.

Enfin, il se sentit mieux.

Il se passa la main sur le visage et s'aperçut qu'il était couvert d'une abondante transpiration. Un sourire pâle lui échappa. Ce n'était *que* mental; tout se déroulait dans son cerveau. Cette notion grandit en lui. Peut-être avait-il eu raison de venir jusqu'au parc, après tout, pour apprendre cela. S'il pouvait garder la transformation à bout de bras, reconnaître les premiers symptômes qui annonçaient le mal et les tenir à distance, alors il existait vraiment une réponse, une issue. Il se sentait faible, il tremblait, puis il s'aperçut qu'il frissonnait. *Merde, je suis comme un drogué en état de manque*, pensa-t-il. Aucune importance. Ce qui lui arrivait ne faisait que prolonger ce qu'il avait ressenti au gymnase, deux ou trois jours auparavant, une extension qu'il pouvait maîtriser, voire juguler.

Ce n'est que moi; tout se passe en moi.

Bobby avait envie de sauter en l'air et de hurler à pleins poumons. Il avait affronté une véritable escarmouche et il en était sorti vainqueur. Il voulait rentrer à l'appartement en courant, boire un verre et baiser Ange et Linda la nuit entière. L'espace d'une minute, il avait failli succomber, mais il avait résisté, non seulement résisté, mais gagné. Ça recommencerait, ça pourrait même être plus grave, mais il savait qu'il pourrait résister. Un triomphe réduit, sans doute, mais un nouveau pas dans la bonne direction.

Rzzzzrt-rzzt.

Ives s'immobilisa et retint son souffle.

Des parasites sur un poste de radio, lui souffla son cerveau. À une distance de dix mètres maximum. Vraisemblablement un talkie-walkie de la police. Il lutta pour conserver son calme, mais son corps restait crispé. Il demeura assis, immobile, de longues secondes, mais le besoin de bouger finit par l'emporter. En se levant et en se retournant pour partir, il vit les deux policemen non loin de là. Il s'arrêta pour les regarder. Les deux jeunes hommes paraissaient nerveux. À cet instant, Ives eut envie de s'adresser à eux, mais l'impulsion s'éteignit à peine née. Les policemen aperçurent son visage et réagirent immédiatement.

– C'est lui, ça ne peut être que lui.

Un instant, la stupeur s'empara de Bobby. Il jeta un coup d'œil sur ses mains, apparemment normales. Non, elles semblaient lourdes et ses doigts raides étaient réunis. Puis un filet de salive argenté passa dans son champ de vision. Sa tête se redressa d'une saccade. Sa peur et ses incertitudes furent instantanément balayées par une vague de colère. Il entendit une rumeur grave s'élever de sa gorge.

Les policemen gardaient leurs distances, mais le plus grand des deux, une matraque particulièrement menaçante à la main, entamait une prise à revers prudente. L'autre manipulait son émetteur avec maladresse, essayant de garder l'œil sur Ives et de donner l'alerte en même temps. Bobby ne pensait plus de façon cohérente désormais, mais il savait que le plus grand danger provenait de ce deuxième policeman, et c'est vers lui qu'il bondit. Sa propre puissance le grisait, il sembla s'envoler. Le policeman criait et trébuchait en reculant quand Ives l'atteignit et envoya voler au loin la radio. Ses mains étaient devenues d'énormes pattes qui claquèrent contre le crâne du policeman en arrachant des fragments de chair et de cuir chevelu. Ives sentit son visage éclaboussé d'un petit jet de sang chaud, ce qui augmenta encore son excitation.

Dans un choc sourd qui fit trembler le paysage sous ses yeux et le rendit flou, Ives reçut un coup de matraque du second policeman. Un deuxième coup et Ives recula, étourdi devant l'assaut, découvrant qu'il était vulnérable. Il se remit sur ses pieds avec difficulté et se retourna, à demi courbé, mais le policeman le harcelait de nouveau, lui administrant bravement une grêle de coups sur la face. Hurlant de douleur et de rage, Bobby bondit en avant et enfonça les crocs dans la gorge de l'adversaire. Les deux silhouettes tombèrent à terre, mêlées dans la lutte; Ives claqua des mâchoires et fit agir ses griffes jusqu'à ce que le policeman reste immobile.

Puis il se redressa, tremblant dans le brutal silence. Les deux policemen étaient étendus au milieu d'une flaque de sang, dans l'herbe d'hiver de la pelouse. Celui qui avait tenu la radio gémit et remua faiblement. De nouvelles rumeurs parvinrent graduellement aux oreilles d'Ives : un martèlement de pieds qui couraient sur le goudron des allées, des voix qui lançaient des appels, une sirène qui mugissait au loin. L'alarme avait été donnée. La lumière de torches électriques se déploya sur une ligne irrégulière au travers des ténèbres et, comme des brandons sortis du Moyen Âge, s'approcha résolument. Ives tourna les talons et s'enfuit vers l'est, pour s'enfoncer dans le parc.

Il accéléra sans effort, abandonnant ses poursuivants loin derrière lui. Il sentait en lui une puissance sans rivale et le *contrôle absolu* de la situation. Ils ne mettraient pas la main sur lui. La vérité de son existence, enfin claire et nette pour lui, surmonterait tous les périls. Sa nouvelle confiance ne diminua pas quand apparut une deuxième barrière de lumières sur son flanc nord.

Ives s'arrêta un instant au pied d'un arbre. Il fallait qu'il réfléchisse. Il pouvait faire courir la police en cercles la nuit durant, mais cela n'accomplirait rien. Il devait sortir du parc. De son parc. Il gronda de colère face à cette invasion de son territoire.

Au sud, une nouvelle ligne grossière de torches scintilla soudain. *Tous les flics de Londres doivent être ici ce soir*, estima Ives. Grandes manœuvres. Ives jeta un coup d'œil derrière lui et vit que le filet se resserrait. Il pouvait entendre leurs voix, sentir la muraille de leur odeur qui s'épaississait autour de lui. Devant lui, se trouvait la boucle du Ring, abondamment éclairée, mais la seule issue, pourtant.

Ives atteignit le trottoir en quelques secondes. Il repéra un attroupement de policiers près de la porte sud, barrant cette sortie. Un chœur de cris lui apprit qu'il avait été repéré. Il commença à traverser la route, mais fit halte à la vue de deux voitures de police qui convergeaient lentement sur lui, l'une le long de la Serpentine, l'autre suivant Rotten Row.

Bobby n'éprouvait toujours aucune appréhension. Ils l'avaient complètement encerclé, maintenant. Il se mit à courir sur Ring Road, vers Bayswater. La branche nord du réseau policier fut bientôt en vue. Il sourit en les apercevant. Il était parvenu au pont sur la Serpentine. Avec un signe de tête à l'adresse des policiers, il sauta.

Le choc de l'eau glaciale l'étourdit. Ives se retourna et se laissa dériver sous l'ombre du pont, en se demandant ce qui s'était passé. Était-ce juste l'effet de la température hivernale, ou avait-il touché le fond ? Quoi qu'il en soit, il comprit qu'un changement s'était produit. Il flottait, la respiration difficile, agité de violents tremblements. Il se sentait brutalement pris au piège, terrifié.

L'air était plein de lumières et de voix. Bobby aperçut un groupe de policemen qui se hâtaient vers la berge. Il ne pouvait plus penser qu'avec difficulté, mais il savait que, s'il ne faisait rien, ils n'auraient qu'à prendre une ou deux embarcations pour venir le repêcher.

Il s'éloigna des lumières à la nage, mais sans savoir où il allait. *Abandonne tout de suite, mets fin à tout ça, cette démence ne peut pas continuer plus longtemps.* Ses vêtements d'hiver l'entraînaient vers le fond et ralentissaient sa progression. Il se débarrassa de son manteau et continua. Des voix s'élevaient et, à leur ton interrogatif, Ives sut qu'ils l'avaient momentanément perdu de vue. Il se rapprocha d'une portion de la berge où ne brillait aucune torche. Une masse obscure de buissons et d'arbres qui se penchaient au-dessus de l'eau. Ives passa sur le dos pour se reposer et se laissa flotter jusqu'à la rive, sous les branches, pour découvrir qu'il n'y avait là guère plus de soixante centimètres de profondeur.

Bobby se recroquevilla dans les ténèbres en claquant des dents et il regarda avec inquiétude autour de lui. Il n'y avait aucune issue. Même s'il échappait au premier groupe de policemen, il serait quand même pris dans le parc, qui devait sans doute être complètement bouclé à l'heure qu'il était. Ses pieds étaient insensibles et trop gourds pour pouvoir bouger. Il était épuisé, frigorifié. *Rends-toi*, implora une voix au fond de lui. Les appels des policemen s'approchèrent. Ives se força à s'éloigner, en rampant à demi, en barbotant, pour s'enfoncer plus avant sous le couvert des feuillages denses.

Un bruit tout différent le fit stopper – un léger friselis. De l'eau. Ça n'avait pas de sens. La Serpentine s'écoulait à une allure digne, en silence, pour autant qu'il sache. Si même elle s'écoulait. Bobby se laissa doucement porter par l'eau jusqu'à découvrir l'origine du son. C'était une petite ouverture en forme de tunnel qui s'ouvrait dans le sol, et d'où coulait un filet d'eau. Il l'explora en tâtonnant. Une cavité naturelle, visiblement, deux mètres de largeur maximale, et guère plus de trente centimètres de haut. Une autre rivière – bien sûr ! La Serpentine était renouvelée par une des anciennes rivières souterraines de Londres. Il s'en souvenait à présent et il se sentait soudain gonflé d'espoir. Il ne savait pas où elle menait – à la Tamise ? – ou même si elle serait franchissable, mais si c'était possible, il y parviendrait. Imaginez l'humiliation de la police. Ils ne penseraient jamais à une rivière souterraine.

Ives se retourna prestement dans l'eau peu profonde. Il entrerait les pieds en avant afin de se trouver dans une position plus favorable pour rebrousser chemin, si cela devenait nécessaire.

L'espace qui séparait la surface du petit affluent du plafond du passage ne faisait pas plus de dix centimètres d'épaisseur, ce qui l'obligeait à ramper sur le dos comme une étrange variété de crabe, le visage collé contre la terre. Juste au moment où il disparaissait entièrement dans l'étroit goulet, il perçut des voix toutes proches. Puis elles s'éloignèrent. *Pas de pot, les mecs. Vous ne trouverez pas Bobby Ives.*

Son corps tremblait de froid et de douleur. Des fragments de cailloux, de terre et de racines entraient dans ses narines, dans ses yeux, dans sa bouche. L'eau emplissait ses oreilles et éclaboussait fréquemment son visage, ce qui le faisait s'étouffer et tousser. Et quand il recrachait l'eau et la terre, il semblait que tout lui revenait instantanément à la face. Ses mains, qui le maintenaient au-dessus du niveau de l'eau, étaient si engourdies qu'il ne sentait pratiquement plus le sol.

Ives avança, centimètre par centimètre, durant

un temps qui lui parut infini. *Je n'ai probablement parcouru que quelques mètres*, estima-t-il. Au moins le passage ne se refermait-il pas sur lui. Il dut faire une halte pour reprendre son souffle. D'horribles pensées caracolaient dans sa tête. Il allait périr ici, dans cette rivière souterraine. Le froid ou la noyade. Il rejoindrait les centaines d'autres cadavres de Hyde Park, avec pour seule différence l'originalité de sa méthode. Enfoui à jamais sans rien pour signaler sa présence dans son propre « royaume ». Tu parles d'un royaume. Son visage semblait grouiller de bestioles. Des insectes, ici, en février ? Des petites créatures aquatiques, des araignées et autres animalcules répugnants dont il ignorait le nom, qui exploraient son épiderme. Ils seraient ceux qui hériteraient de ses chairs. Ives se laissa couler et l'eau lui lava le visage. Puis il prit une profonde aspiration avant de continuer sa pénible progression.

Au bout d'un moment, Bobby constata que le passage s'élargissait. Il put passer sur le ventre et s'appuyer sur les coudes. Il demeura dans cette position, à souffler de l'air chaud sur ses mains assemblées en coupe jusqu'à ce qu'une certaine sensibilité leur ait été restituée. Puis il continua de l'avant. Où était-il ? Toujours dans le parc, ou sous les rues de Londres ? Près de la Tamise ? Non, c'était encore trop tôt pour ça. Il voulait s'arrêter, se recroqueviller et pleurer jusqu'à en perdre conscience.

Un peu plus tard, il s'aperçut qu'il pouvait

avancer à quatre pattes. Il poussa un soupir de soulagement et poursuivit sa progression avec une énergie renouvelée. Il allait quelque part. Il y arriverait.

Quand le tunnel devint assez large pour qu'il puisse s'y tenir debout, Ives réussit presque à grimacer un sourire. Il était toujours dans les ténèbres les plus totales, mais sous ses doigts les parois semblaient plus dures, comme des murs. L'endroit où il se trouvait n'avait aucune importance. Il avança encore un peu, mais finit par s'asseoir. Le lieu était relativement sec. Il s'endormit immédiatement.

Un son métallique le réveilla. Il vit de la lumière devant lui et se précipita vers elle. Elle provenait d'une grille enchâssée dans le mur. De l'autre côté, Ives vit un quai de métro. Il aperçut la pancarte familière indiquant la station : Sloane Square. Ives appuya la tête contre la grille et rit doucement. Il avait réussi.

Un autre bruit lointain le ramena à la réalité. Est-ce que la station fermait ses portes, ou était-on déjà au matin ? Il ne voyait ni n'entendait personne sur le quai. Combien de temps avait-il passé ici ? Ses vêtements étaient quasiment secs, mais ses chaussures demeuraient gorgées d'eau. Ives appuya de nouveau son oreille contre la grille et écouta. Rien. C'était le moment d'y aller.

Il dut donner onze coups de pied contre les barreaux avant qu'ils ne cèdent sur un côté. Il glissa la tête avec précaution par l'ouverture et jeta un coup d'œil le long du quai. Il y avait deux hommes à l'autre bout, mais ils avaient l'aspect d'usagers et ne regardaient pas dans sa direction.

– Le matin, murmura-t-il.

D'après la pendule du quai, il était presque sept heures. Ives se glissa rapidement par la brèche, sauta à terre et s'en fut à toutes jambes vers la sortie la plus proche. Avant de quitter la station, il se rendit dans les toilettes pour hommes. Il se débarbouilla le visage, se lava les mains et se repeigna vaguement avec les doigts. Ses vêtements étaient extrêmement sales, froissés, mais il n'y avait rien à faire. Le contrôleur des tickets à la sortie le scruta d'un œil soupçonneux, mais Ives passa sans qu'on lui pose de questions.

En atteignant la rue, il s'arrêta et demeura un moment immobile, à jouir de la lumière du jour.

25

Ange et Linda dormaient quand Ives rentra. Elles étaient couchées ensemble, leur respiration douce et régulière. Innocentes ? Sûrement pas. Pas plus que lui. Égarées, peut-être, des débris humains aux limites de la vie de la cité. Bobby sentit le mépris l'envahir.

Dans la cuisine, il prit 2 000 milligrammes de vitamines et 1 800 de ginseng. Il emporta un bol de grains de riz soufflé dans la salle d'eau et les dévora jusqu'au dernier en prenant un bain. Une demi-heure plus tard, il se sentait propre et de nouveau sur pied, mais toujours épuisé. Il se glissa délicatement dans le lit avec les filles et s'endormit sans délai.

Bobby se réveilla en même temps qu'Ange et Linda, quelques heures plus tard. Il était reposé et alerte, mais les événements de la nuit précédente lui revinrent comme une vague, avec une surprenante précision, comme s'il ne comprenait que maintenant ce qui s'était passé. Il en fut secoué jusqu'au plus profond de lui-même. Il serra les filles contre lui, les embrassant sans cesse, tentant de se perdre en elle. Linda ne trouvait rien d'étrange à l'intensité de ses gestes, mais Ange discerna d'autres motivations chez Ives et s'en fut préparer le café, le laissant s'arranger avec Linda. Quand elle revint, quelques minutes plus tard, Ives était étendu sur le dos, les yeux mi-clos, l'intensité de son humeur émoussée. Linda s'était retournée et, recroquevillée sous les couvertures, paraissait s'être rendormie. Bobby et Ange restèrent un moment silencieux, à boire leur café.

– Qu'est-ce qui ne va pas, chéri ? demanda-t-elle enfin.

Elle avait aperçu ses vêtements maculés de boue dans la salle de bains.

– Rien.

Ives ne pouvait pas expliquer à Ange ce qui lui arrivait – il n'aurait même pas su par où commencer – la sensation de malaise, de nervosité qui envahissait de nouveau son organisme, déjà. S'il abordait le moindre aspect du problème, il lui faudrait aller jusqu'au bout, jusqu'au cœur, et il ne voulait pas se livrer ainsi à quiconque. Du moins pas tout de suite. Plus tard, peut-être, dans le futur, si le futur existait encore, pourrait-il en discuter avec Ange. Il aurait bien aimé le faire. Elle lui était plus proche que quiconque, mais pas assez.

Bobby alla dans la cuisine et fit couler dans sa paume des pilules de ginseng. Il commença à les mâcher, comme des boules de gomme.

Il voyait se dessiner une dépression d'envergure et ne savait comment y faire face. Le monde semblait s'accélérer, comme si son esprit et son corps étaient passés à une vitesse supérieure. Que faire, que faire... les mots tambourinaient sous son crâne, comme par défi.

Ives revint nonchalamment dans la grande pièce. Linda, toujours endormie. Ange, avec du café et une cigarette. Elle leva les yeux vers lui, mais ne dit rien. Il enfila son peignoir et s'assit devant la fenêtre, les yeux fixés sur le panorama.

Une autre constatation s'imposait au premier rang de ses préoccupations. Que s'était-il réellement passé la nuit dernière ? Pas la bataille accidentelle, ni son audacieuse évasion. La transformation l'avait pris sans qu'il s'en rende compte. Il était assis sur un banc, à se dire qu'il avait remporté un avantage psychologique décisif, et soudain, quand il s'était levé... Le message n'était que trop clair. Il avait fait preuve d'un optimisme ridicule. Il perdait le contrôle, au lieu de s'en saisir. Ça grandissait, ça changeait, jusqu'à devenir plus – naturel ? Ives se sentait stupide, impuissant, comme quelqu'un qui ne peut que se cramponner à grand-peine durant une tornade. La chose le menait et son seul avenir était la mort ou la prison.

Ange ne pouvait rien pour lui. Ives décida de la tenir à l'écart, si possible. Un désir de protection le motivait, mais aussi, un début de peur, la peur qu'elle ne réagisse pas comme il le voulait s'il lui en parlait. Elle pourrait même souhaiter l'accompagner et cela aggraverait ses problèmes, plutôt que de le conduire sur la voie d'une solution.

Ives abordait là le point le plus terrifiant de la situation. Le changement ne se cantonnait pas à une altération physique. Il devenait un être fondamentalement différent. Pervers et violent, mais aussi brutal, arrogant, mauvais dans le sens le plus absolu du mot. Il y avait là une certaine logique monstrueuse. Il aurait été naïf de penser que la métamorphose jouait uniquement sur son corps. En Guadeloupe, sa personnalité s'était considérablement modifiée vers la fin. Administrateur industrieux, ouvert, il s'était mué en un reclus excentrique, obsédé par ses recherches scientifiques d'amateur. Ne fallait-il pas y voir un parallèle évident avec ce qu'il vivait pour l'heure ? Quand cela avait-il commencé ? Il y a cent ans, en Guadeloupe, quelques années, au Viêt-nam, ou quelques semaines, avec le changement de lune ou la venue du mois de février ? L'origine était-elle génétique, ou surnaturelle ? Ou simplement psychologique ?

En vérité, il s'agit d'une forme de folie...

C'était sans importance. Miss Tanith avait eu raison de lui répéter qu'il n'existait ni réponse, ni explication, ni véritable élucidation. Même s'il croyait détenir une réponse, il ne pouvait rien faire.

Une seule chose était claire : il devenait quelqu'un, ou quelque chose, d'autre. Le Bobby originel, réduit à l'état d'écho, s'effaçait rapidement. Tôt ou tard, il l'imaginait sans peine, il disparaîtrait complètement. Ne subsisterait qu'un Bobby Ives qui ne serait plus du tout Bobby Ives. La mutation serait complète.

Ange, nue, traversa la pièce et vint s'asseoir auprès de lui. Il pensa qu'elle n'avait jamais été plus attirante, une femme-enfant somnolente qui s'approchait sans autre raison que de vouloir être près de lui. Il l'embrassa sur l'oreille.

– Raconte-moi une histoire, marmonna-t-elle.

– Tu as une préférence ?

– N'importe quoi.

Elle posa sa tête sur la cuisse de Bobby et entoura sa taille de son bras.

– O.K. Voyons. Cela se passait il y a bien longtemps dans un pays lointain. Il n'y avait pas de grandes villes, rien que des villages, et beaucoup de campagne. Dans l'une de ces petites bourgades vivait une jeune fille très belle prénommée – Jessica. Elle aurait pu élire n'importe quel jeune homme, mais son choix s'était porté sur un garçon ambitieux qui s'occupait d'une ferme héritée de son père, et élevait des chevaux. Le jour du dix-huitième anniversaire de Jessica, ils furent mariés. Chacun estimait qu'ils formaient un beau couple et pensait qu'ils vivraient toujours heureux.

» Et ils connurent le bonheur quelque temps, mais tout changea bientôt. La ferme eut des problèmes. Certains animaux tombèrent malades et moururent. Le mari de Jessica devint morose et irascible. Deux de ses employés le quittèrent et refusèrent de revenir. En dépit de tous ses efforts, Jessica ne pouvait comprendre ce qui se passait et son époux refusait d'en discuter avec elle. Un nuage passait, qui avait assombri leur existence.

» Un jour, alors que Jessica se promenait dans les bois pour cueillir des champignons, elle entendit un bruit derrière elle. Elle se retourna avec vivacité et vit, à quelques mètres d'elle seulement, un énorme loup gris. Tous les villageois connaissaient les loups, qui leur causaient d'énormes ennuis – ces bêtes descendaient du nord quand changeaient les saisons, en quête de nourriture. Mais ce loup-ci était bien plus grand qu'aucun qu'elle ait jamais vu jusque-là – les fermiers tuaient les loups et promenaient les carcasses à travers le village. La bête gronda et se jeta sur elle.

» Jessica lâcha son panier de champignons et commença à s'enfuir, mais le loup la rejoignit d'un bond et la jeta à terre. Par chance, elle portait sur elle un petit couteau de cuisine et elle put en frapper le loup à l'épaule et à la patte avant à plusieurs reprises. Cela fut suffisant pour mettre l'animal en fuite, hurlant de douleur. Jessica, que la peur et le choc avaient conduite au bord de l'hystérie, courut à travers bois jusqu'à sa maison.

» Quand elle y parvint, elle trouva son mari près du feu. Elle allait se jeter dans ses bras en sanglotant quand elle remarqua que sa chemise était en partie dégrafée. Jessica poussa soudain un cri d'horreur à la vue des traces de coups de couteau qu'il portait à l'épaule et au bras – en ces endroits précis où elle avait frappé le loup. Son mari ne fit d'autre mouvement que de détourner le visage.

» Terrifiée, elle courut en ville pour alerter le shérif, mais quand elle lui exposa ce qui s'était passé, l'homme se moqua d'elle et la renvoya. Jessica alla alors trouver son père et le supplia de la laisser demeurer chez lui. C'était un homme sévère et il ne voulut pas en entendre parler. La place d'une épouse était aux côtés de son mari. Elle déshonorerait le nom de sa famille en revenant chez ses parents si peu de temps après son mariage.

» À la fin, en désespoir de cause, Jessica revint chez son mari. Elle n'avait pas entendu sa version des faits – peut-être avait-elle fait erreur et son esprit avait-il été troublé par l'attaque du loup. Son mari pouvait avoir été blessé en travaillant. Pourquoi supposerait-elle qu'il... l'avait attaquée ? Peut-être que le shérif et son père avaient raison et qu'elle se conduisait comme une sotte. Elle essaya de faire bonne figure en atteignant le seuil de sa maison.

» Mais ce fut la fin de Jessica. Trois jours plus tard, derrière une grange, des paysans découvrirent son corps déchiqueté et à demi dévoré. On ne retrouva jamais son mari.

– Quelle horrible histoire, déclara Ange. Qu'est-ce qui t'a fait la raconter ?

– Elle m'est venue à l'esprit, c'est tout, répondit Ives. Que ferais-tu si tu étais seule à connaître une vérité terrifiante, à laquelle personne d'autre ne pourrait croire ?

Attention, se réprimanda Ives, tandis qu'Ange poussait un soupir. *Tu vas trop en dire; tu vas l'entraîner avec toi, si tu n'y prends garde.*

– Que ferais-tu, toi ? lui demanda Ange.

– Je ne crois pas qu'on puisse y faire quoi que ce soit.

La tristesse d'Ange persista sur ses traits un instant, pour s'effacer quand elle se désintéressa du problème.

– Tu n'as pas dit quel nom portait son mari.

– Je l'ignore.

26

C'est un après-midi, quelques jours plus tard, que survint la première phase du dénouement. Quand il y repensait, Ives était incapable de se souvenir de ce que les filles étaient en train de faire, sur l'instant. Sans prévenir, il était entré en fureur et avait jeté quelque chose à terre de toutes ses forces. Ange et Linda avaient levé les yeux pour le voir quitter la pièce à grand fracas.

Dans la cuisine, il s'était emparé de la boîte de pilules de ginseng et d'un pot de miel. Puis il s'était enfermé dans la salle de bains, après en avoir claqué la porte à toute volée. Il était tellement bouleversé que tout son corps était agité de tremblements tandis qu'il tentait d'ôter le couvercle du pot de miel. Rien à faire. Ives gémit, jura et projeta le récipient de verre contre le lavabo, où il vola en éclats. Puis ses doigts amassèrent des lampées de miel dans les débris pour les porter à sa bouche, sans se soucier des éclats de verre. De l'autre main, il déchira la boîte de ginseng, mais sa rage était telle qu'il jeta au loin les rectangles de plastique qui contenaient les pilules. Il pressa son crâne de ses mains, comme pour écraser sa tête, et un son étrange, mi-pleur, mi-hurlement, monta de son gosier.

Vas-y, vas-y. C'est la meilleure solution.

L'éclair suivant : il était de retour dans la cuisine, à présent, il déchirait un livre, faisait craquer sa reliure, en arrachait les fils, éparpillait les pages autour de lui. Le bruit l'entourait toujours, venait toujours de lui, et sa férocité brûlait d'une flamme blanche au fond de son cerveau.

Tu sais bien que ça n'a pas de sens...

Cette indécision qui lui avait fait tant de mal, son manque de vision – tout cela était terminé, désormais. Il commençait à voir et à sentir les choses selon une nouvelle réalité. Il émergeait et...

– Tu vas bien, Bobby ?

Ives tourna sur ses talons, frappant Ange en pleine face d'un seul mouvement fluide. La chair de la joue fut arrachée sous le choc et la jeune fille jetée contre le mur. Comme elle s'affaissait et glissait vers le sol, il la frappa à nouveau, si fort qu'il sentit la tempe qui cédait dans un écœurant craquement. Deux secondes s'étaient écoulées, trop peu de temps pour qu'elle ait compris, qu'elle ait vu arriver ce qui s'était passé.

Ange. Le nom le paralysa momentanément. Son esprit flottait dans la plus totale confusion. Que faisait-il ? Ange sur le sol, son visage couvert de sang, son corps inerte. Oui, *Ange*,

Sans-Nom. Oh, non, non... *Je t'ai enfin donné un nom, il t'allait bien mais maintenant.*

– Hé, là-dedans, qu'est-ce qui se passe ? lança Linda de la pièce voisine.

Les mots qui remontaient d'une portion engloutie de sa personne furent dispersés d'un seul coup. Comme si on avait tourné un interrupteur, Ives leva les yeux et marcha vers l'origine de la voix. Linda nouait un lacet de chaussure. Il vint droit vers elle. Elle le regarda, poussa un gémissement et s'évanouit à demi. Ives la souleva du sol. *Enfant.* Sa bouche s'ouvrit dans un grondement et ses dents s'enfoncèrent profondément dans la gorge.

Le sang jaillit.

Son esprit et son corps chantaient l'allégresse.

27

Quand tout fut fini, Ives arpenta la pièce de long en large, à brûler son énergie nerveuse. Il marmonnait des « Oh, bon Dieu ! » incessants et secouait la tête comme en désaccord avec quelqu'un. À un moment, il courut brusquement à la cuisine, considéra Ange sur le sol, puis revint à grands pas et reprit ses allées et venues dans la vaste pièce. Il voulut se blottir près de la fenêtre mais, à peine assis, il bondit de nouveau sur ses pieds.

Plus tard, bien plus tard, il prit une pomme distraitement et commença à la croquer. Ça le calma.

Une portion de sa conscience recommençait à fonctionner. Les corps allaient se raidir, il le savait. Il fallait faire quelque chose. Soigneusement, avec tendresse, il disposa leurs bras et leurs jambes pour amener chaque cadavre dans une position presque fœtale. Il trouva des cordes pour les ligoter dans cette attitude.

Puis deux grands sacs à ordures en plastique. D'abord Linda dans le premier, puis Ange dans l'autre. *Oh, Ange.* Il en lia l'ouverture et les traîna jusqu'au placard.

28

– Il faut que vous m'aidiez. Je vous en prie. Vous êtes la seule personne qui en soit capable. Je ferai tout ce que vous voudrez, tout, mais il faut que vous m'aidiez. Vous avez su de quoi il s'agissait avant moi, vous me l'avez annoncé, et vous aviez raison. Vous comprenez ce que c'est, ce qu'il m'arrive. Je suis en train de détruire – il faut que vous m'aidiez avant que quelque chose de plus terrible – je vous en prie...

Sa voix se cassa sur d'incohérents et rauques borborygmes. Il avait les yeux rouges et gonflés et tout son corps frissonnait. Miss Tanith, assise délibérément à quelques mètres, fixait Ives avec intensité, comme pour tenter de le pénétrer jusqu'à l'âme.

– Comme je vous l'ai dit, Mr Ives, il n'est rien...

Bobby secoua la tête avec vigueur, refusant ses paroles.

– ...rien que je puisse faire pour vous.

– Ne dites pas ça, supplia Ives. Ce n'est pas

vrai. Je sais que vous pouvez m'aider. Je le sais.

Miss Tanith fit une grimace.

– Je n'ai encore jamais rencontré un cas comme le vôtre. J'y connais peu de chose, très peu. Avant de vous rencontrer, je n'étais même pas sûre que de tels phénomènes puissent réellement exister. Je sais désormais que c'est vrai, mais si je vous ai jamais dit quoi que ce soit qui ait pu vous laisser croire que j'avais des connaissances spécifiques ou des réponses pratiques, alors j'en suis navrée, car ce n'est pas le cas.

Miss Tanith, les mains dissimulées dans les volumineuses manches de sa robe, conservait l'immobilité d'une figurine orientale.

Ives était pris de panique, à peine capable de se contenir. Sa voix montait et descendait selon de folles courbes, comme celle d'un homme au bord de la crise de nerfs. Parfois, elle virait au cri.

– Vous savez ce que je suis, plaida-t-il. Vous savez ce que j'ai fait à d'autres êtres humains et pourtant vous avez laissé ces actes s'accomplir. Comment avez-vous pu ne pas intervenir ?

Pour la première fois, la jeune extra-lucide détourna les yeux et son visage fut voilé d'un trouble passager.

– C'est très difficile, avoua-t-elle. Je ne pouvais pas prévenir la police. Ni la police ni leurs psychiatres n'auraient su comment vous traiter. Ce qui vous serait arrivé entre leurs mains – je ne voulais pas être responsable de ça.

– Mais ne valait-il pas mieux que je souffre

seul, plutôt que de condamner qui sait combien d'autres personnes ?

– C'est une décision que vous êtes le seul à pouvoir prendre, déclara Miss Tanith en le fixant de nouveau de son regard inexorable.

Ives se laissa retomber au fond de son siège. Il ne serait jamais capable de se livrer aux autorités. Une partie de son âme ne pourrait jamais s'y résoudre. La partie en croissance. La partie nocturne. Seul, la force et le courage lui manqueraient pour supplanter la détermination de cette fraction de son être. Il lui avait fallu accomplir un effort considérable simplement pour revenir voir Miss Tanith.

Et c'était maintenant sa dernière chance, il en était persuadé. Bientôt, il serait incapable de s'arrêter. Il s'en moquerait. Il franchirait la limite. Peut-être même l'avait-il déjà franchie et il ne le savait pas encore. Trop tard pour... ?

– Mr Ives ?

– Oui ?

– Il se peut que j'aie une suggestion.

Elle hésita, pensa que c'était peut-être une erreur, mais décida de poursuivre.

– Je ne sais pas si cela aura un résultat, mais je suis disposée à essayer.

– Oui, je vous en prie, tout ce que vous voudrez.

Ives se trouvait de nouveau au bord de sa chaise.

– Très bien. Vous devrez accepter de faire exactement ce que je vous dirai de faire à tout moment, sans poser de questions, ni discuter mes décisions.

– Oui.

– Vous vous remettrez entièrement entre mes mains, et vous resterez ici, dans une chambre, au fond de cette maison. Elle ne possède aucune fenêtre, elle est petite et sans confort, mais vous y demeurerez. Vous ne quitterez cette pièce que lorsque je vous autoriserai à le faire.

– Oui.

– Vous serez prisonnier dans cette maison, Mr Ives. Ainsi n'y aura-t-il plus de victimes. Vous pourrez frapper la porte à coups de pied, hurler et me supplier de vous laisser sortir, mais je refuserai. Vous me haïrez et vous souhaiterez pouvoir me tuer – c'est le risque que j'accepte de courir. Ce sera extrêmement déplaisant pour vous autant que pour moi, Mr Ives.

– Tout vaut mieux que de ne rien tenter, déclara Bobby. Je ferai de mon mieux, je le jure.

– Je vous crois. Je crois que vous désirez sincèrement vaincre votre condition.

– Oui, je le veux.

– Si jamais vous vous échappez d'ici, Mr Ives, alors je préviendrai la police. Même si vous me tuez, je peux faire en sorte qu'ils vous capturent – il existe des dispositions, certaines que j'ai déjà prises, car je me doutais que vous reviendriez. Je suis absolument sérieuse, Mr Ives. Une fois que vous vous serez livré à moi, il ne sera plus question de revenir en arrière. Êtes-vous bien sûr de le vouloir ?

– Oui, absolument.

– Très bien.

Miss Tanith eut un hochement de tête qui sembla sceller l'irrévocabilité de sa décision.

– Il y a autre chose dont je veux vous parler.

Ses mains délicates émergèrent des replis de ses manches. Elles tenaient une arme blanche au manche d'ivoire.

– C'est un poignard d'argent massif. Cette arme est capable de bien plus qu'une simple blessure : elle peut vous tuer immédiatement. Si nécessaire, je n'hésiterai pas à en faire usage pour me protéger, ou pour protéger Mrs Murray.

– Je comprends.

– Je veux que vous gardiez cela présent à l'esprit à chaque instant.

Miss Tanith soupesait l'arme de sa main.

– Je m'en souviendrai, promit Ives d'une voix grave.

De l'argent massif. C'était un bel objet, mais il semblait dangereux.

– Veillez à ne pas l'oublier.

Le poignard disparut dans la robe de Miss Tanith.

– Maintenant, parlons d'argent, annonça-t-elle.

– Oh, c'est vrai. Je, euh... dites-moi combien vous voulez.

– Cela coûtera cher. Je ne sais pas combien, exactement, mais vous vivrez ici nuit et jour. La nourriture, l'entretien, le temps et le travail que cela représente... pouvez-vous payer soixante-quinze livres par semaine ?

– Oui, affirma Ives après un rapide calcul

mental. Je peux vous payer par chèque : mon revenu est versé directement à ma banque. Oui, ça ira.

– Si je constate que les frais sont moins élevés, j'ajusterai mon prix en conséquence.

C'était cher, pensa Ives, très cher. Mais il abandonnerait son appartement si le besoin s'en faisait sentir. Il le fallait : sa dernière chance, son unique chance. Dans l'état actuel des choses, il pourrait conserver son logement un mois de plus. Après ça, eh bien, il serait toujours temps d'y penser, le moment venu. Miss Tanith mettait sa vie en danger, la sienne et celle de Mrs Murray. Un danger considérable. Peut-être que ce n'était pas si cher que ça, après tout.

– Qu'allez-vous faire de moi ? demanda Ives.

– Il n'y a aucune procédure définie, répondit Miss Tanith, aucune que je connaisse, du moins. Il nous faudra apprendre ensemble, mais j'ai une ou deux idées. D'abord, vous ralentir. Vous renfermez tant d'énergie et de puissance que je peux pratiquement les sentir de l'endroit où je suis assise. Nous pourrons traiter cela en partie par un régime et une thérapie à base de plantes. Dans le même temps, votre activité physique sera restreinte à cette chambre.

– J'ai l'habitude de faire de l'exercice, nota Ives.

– Bien. Il faudra que la chambre soit efficace, ou nous serons deux à y perdre. Vous et moi. Si votre système – si vous vous faites à la situation, il se peut qu'au bout d'une certaine période, la transformation cède du terrain.

Il fallait qu'elle lui laisse entrevoir une lueur d'espoir.

– Oui. Mais si cette méthode donnait des résultats, est-ce que ça signifie qu'il me faudra passer le reste de ma vie comme ça ?

– Je n'en sais rien. La première chose à faire est de juguler les crises de lycanthropie et ensuite, nous aviserons de ce qui peut être envisagé.

Ives eut un rire mal assuré.

– Je suppose qu'un exorcisme n'aurait pas beaucoup d'effet.

– Je crains que non, admit Miss Tanith. Voyez-vous, vous n'êtes pas possédé, dans le sens strict du terme, par un esprit ou un démon extérieur, mais par vous seul. Quelques-uns des pouvoirs qui accompagnent la lycanthropie, la transformation physique, entre autres, sont surnaturels. Mais songez à ce mot : *surnaturel.* Il n'implique pas forcément une force externe et omnipotente, dévouée au bien ou au mal. Non, nous perdrions notre temps avec un exorcisme. Il faut débuter au niveau le plus simple, en contenant les transformations, et ensuite nous verrons si nous parvenons à les contrôler.

Ives songea avec tristesse aux moments où il avait été persuadé de commencer à être maître du phénomène, pour découvrir que celui-ci le dominait toujours, le poussait vers de nouveaux extrêmes après chaque période de repos. Est-ce que le régime que proposait Miss Tanith allait vraiment y changer quoi que ce soit ?

– Croyez-vous sincèrement que ça marchera ? demanda-t-il.

– Si nous vous empêchons de faire de nouvelles victimes, nous aurons accompli un progrès, non ?

Le jour même, Ives régla le loyer du mois de mars à sa propriétaire, jeta quelques vêtements, des pilules et du miel dans un sac de sport, ferma l'appartement à clé et partit.

Même si l'incertitude le gagnait parfois, il envisageait enfin la situation avec optimisme. Enfin, il s'engageait dans une démarche positive. Enfin quelqu'un d'autre était au courant et tentait de lui porter secours. Le trajet serait long et difficile; elle ne le lui avait jamais dissimulé. Mais ils apprendraient ensemble et c'est ce qu'il pouvait espérer de mieux pour l'instant.

Peu importe qu'elle cherche à calmer mon impatience, pensa Ives. Il savait que c'était une femme compétente. Jusqu'ici, elle avait toujours été en avance sur lui. Si quelqu'un pouvait le tirer de ce cauchemar, c'était bien Miss Tanith. Ensemble, ils réussiraient. Quelque part sur le trajet qu'ils entamaient existait une issue. Il en était entièrement persuadé. Il le fallait.

Mrs Murray avait reçu des instructions et elle accueillit Bobby avec sa bonhomie coutumière, comme s'il avait été un patient ordinaire. Miss Tanith et elle le conduisirent à la chambre du fond. La porte s'ouvrit sur le couloir et Ives eut un pâle sourire à la vue des six solides verrous, neufs à l'évidence, qui en renforçaient le vantail. Miss Tanith avait pris ses précautions en cas de problème, ce qui, au vu de la conduite récente de Bobby, se justifiait parfaitement.

La pièce occupait une surface moindre qu'il ne s'y était attendu, limitée par des murs nus et un sol de linoléum crasseux. La banquette n'invitait guère au repos et une commode, une banale chaise de bois et une table bancale bouclaient le solde de mobilier. Peut-être la pièce avait-elle servi de cellier ou de chambre de bonne, autrefois, se dit Ives. Mais cela n'avait aucune importance. Désormais, c'était une cellule de prison. La sienne.

Miss Tanith examina ce que contenait le sac de Bobby. Elle laissa les vêtements et les deux livres de poche, mais confia les pots et le sac à Mrs Murray qui les emporta.

– Pourquoi faites-vous cela ? s'enquit Ives.

– Parce que c'est moi qui déciderai de ce que vous allez manger.

– Mais ce ne sont que des vitamines, du miel, des produits diététiques.

– Je le sais parfaitement, dit Miss Tanith avec patience. Mais vous devez m'abandonner tout pouvoir de décision, y compris sur votre régime alimentaire.

– Aucun problème, j'étais simplement curieux.

– Si vous désirez d'autres livres ou des magazines, dites-le-moi, ou prévenez Mrs Murray. La lecture vous aidera à surmonter votre ennui.

– Merci.

– Vous serez autorisé à faire usage des toilettes trois fois par jour, matin, après-midi et soir. J'espère pour votre confort que ces trois fois seront suffisantes, car vous n'en aurez pas davantage.

– Je pourrai faire face, sourit Ives.

La porte se referma, la clé tourna dans la serrure, les verrous glissèrent et il fut seul. La pièce ne lui permettait même pas de faire les cent pas – pas assez grande. N'importe qui deviendrait fou au bout de peu de temps dans une telle situation de claustration. *Je ferai autant d'exercice que possible, je lirai, je réfléchirai. Je supporterai le pire, c'est la seule solution. Une minute après l'autre, une heure après l'autre, un jour après l'autre.*

Ives se déshabilla, ne conservant que ses sous-vêtements, plaça la chaise et la table sur le lit, et entama une série d'exercices. Plus tard, le lit se révéla aussi dur qu'il l'avait paru, mais Ives n'eut aucun problème à trouver le sommeil.

29

Bobby arrêta de remonter sa montre; quand elle finit par s'arrêter, il la jeta simplement au fond d'un tiroir de la commode et l'oublia complètement. Le quatrième jour, il sortit faire une promenade avec Miss Tanith, mais il déclina les offres ultérieures qu'elle formula. Il voulait rester dans sa cellule, tout le temps. Il voulait se débarrasser de son problème par une attaque de front totale. Le jour et la nuit se fondraient en un magma indifférencié. Il n'apercevait plus la lumière ou le noir de l'extérieur que parfois, quand il faisait usage des toilettes et de la salle de bains qui jouxtaient sa cellule. Peu à peu, sa solitude devenait un outil, une arme.

Il y eut des incidents, d'étranges hallucinations où il tentait de sortir de sa cellule par la force. Pas très souvent, mais régulièrement. Toujours avec le même résultat. La porte résistait comme le roc et Ives restait couché par terre, à hurler de douleur. Plus tard, il remarquait le sang, les estafilades et les bleus sur ses mains. La porte était striée de centaines de traces de griffures.

– Ne vous inquiétez pas, lui conseilla Miss Tanith, quand ils discutèrent de la première crise. Vous savez que cela se reproduira.

– Mais j'étais à peine conscient que c'est arrivé, expliqua Ives, soucieux. Est-ce que ça signifie que je subis une emprise de plus en plus forte ?

– Je l'ignore.

– Vous me le direz ? Je veux dire, vous ne me cacherez rien ?

Miss Tanith acquiesça de la tête.

Ives trouva son régime spécial assez facile à supporter, bien que les portions soient réduites. Des légumes crus, du pain complet, du thé (toujours des infusions d'herbes), des yoghourts, un œuf de temps à autre, du poisson et, très rarement, un morceau de viande trop cuite. Et des salades, qui ne comprenaient rien qu'il puisse reconnaître, à l'exception des germes de haricots. Des herbes là aussi, à n'en pas douter, mais pas déplaisantes. Il mangeait tout avec discipline.

Miss Tanith venait le voir aussi souvent qu'elle le pouvait. La répartition de ses allées et venues suggérait à Ives un important défilé de clients. Elle connaissait un certain succès. Une fois par jour, au minimum, elle venait s'asseoir pour discuter avec Ives devant une tasse de thé. Il en vint rapidement à aimer ces moments. Elles lui paraissaient très anglaises, ces conversations où ils étaient assis tranquillement, tout en partageant un thé chaud et parfumé. Ils discutaient en gens raisonnables – même s'il s'agissait de sujets qui ne l'étaient pas.

Ives lui raconta un jour l'histoire de la Guadeloupe et son aventure au Viêt-nam. Ses yeux s'écarquillèrent légèrement, mais elle attendit qu'il ait achevé son récit pour déclarer :

– La Guadeloupe constitue certainement un facteur de renforcement. En particulier, votre nom là-bas – vous avez dit que c'était Versipelle, non ? Versipelle est un de ces nombreux mots de vieux français qui désignent une personne atteinte par la lycanthropie – oui, le lien est incroyable, vraiment. Cela pourrait indiquer que vous abritiez le germe dès lors, qu'il était simplement en sommeil. D'autant plus que nous ne savons pas vraiment si vous vous êtes transformé en zombie; seule la réaction des indigènes vous a conduit à une semblable conclusion. Mais il se peut qu'il aient été en train de prendre des mesures préventives contre vous, en prévision d'un changement terrible qui n'avait pas encore eu lieu, qui devait bientôt survenir. Ils vous ont attaqué avec des machettes, mais un zombie est déjà mort. Je ne crois pas que vous soyez mort avant qu'ils ne vous aient tué. Si vous acceptez les événements de Guadeloupe et leur logique, alors on peut considérer la lycanthropie comme une sorte de malédiction persistante chez vous, ou dans votre famille, quelque chose qui n'a pas vraiment réussi à percer en Guadeloupe et qui y est parvenu maintenant. Un psychiatre vous dirait qu'il s'agit d'un rêve surgi du subconscient, d'un fragment de votre mémoire raciale, d'une profonde crise psychologique, mais le problème n'est pas là. Quelque chose d'aussi vaste, d'aussi précis, d'aussi véridique, doit être *vrai*. Ça vous est vraiment arrivé. Et ce lien, ce nom de Versipelle, est si fort... c'est une preuve !

– J'ignore si c'est possible, intervint Ives, mais ne pourrait-on pas vérifier les archives là-bas ?

– Je ne crois pas que ce soit nécessaire.

Miss Tanith leur servit à nouveau du thé.

– Quant au Viêt-nam, ces deux incidents se sont révélés très dérangeants, visiblement, mais je ne sais pas encore quel rôle leur assigner. La première idée qui me vienne à l'esprit, c'est que la lycanthropie peut nécessiter un signal pour se déclarer chez un individu. Nous connaissons si peu de faits. Dans les vieilles légendes, la lycanthropie tirait son origine d'un pacte avec le diable et je suis sûre que beaucoup de gens y croyaient fermement. Parce que c'est un sort terrible que de devenir une créature à mi-chemin entre l'homme et le loup. Mais si on fait abstraction du diable, pourquoi la semence n'existerait-elle pas chez certains ? Qui sait ? Peut-être en chacun de nous ? Pour ne se manifester, se développer et ne prendre le contrôle qu'*après* l'intervention d'un stimulus, ou d'un groupe de stimulus ? Tel a pu être chez vous le rôle du Viêt-nam, de ces deux chocs...

– Mais deux ans se sont écoulés depuis, objecta Ives.

– Nous ignorons le délai mis en jeu, voilà tout, nous l'ignorons.

Ives se permit un invraisemblable fantasme : peut-être n'avait-il pas assassiné Annie. Peut-être ne s'agissait-il que d'un accident et en même temps du dernier « déclic ». Il voulait le croire.

– Pourquoi faites-vous tout ça ? lui demanda-t-il.

– Quoi ?

– Me garder ici. Tout. Pourquoi avez-vous changé d'avis et accepté de m'aider ?

– J'y ai beaucoup réfléchi, avoua Miss Tanith. Il y a plusieurs raisons. Vous reveniez sans arrêt, pour me demander mon aide. J'ai été touchée et je n'ai pas pu vous renvoyer une troisième fois. De plus, je dois endosser une partie des responsabilités pour la mort de ces gens : si j'avais fait ceci – elle jeta un coup d'œil circulaire sur la cellule – dès le début, peut-être vivraient-ils encore. C'est une tâche qui dépasse mon travail habituel.

Ives la regarda. Il admirait cette façon détachée et précise qu'elle avait d'énumérer ses problèmes personnels. Il n'avait jamais été capable d'en faire autant, à aucun moment de sa vie. Elle ressemblait à une enfant, mais c'était une jeune femme tout à fait remarquable.

– Pourquoi ne pas avoir fait tout cela dès ma première visite ?

La question avait échappé à Ives, irrépressible.

– J'avais peur.

– Est-ce que vous regrettez, maintenant ?

– Pas du tout.

La réponse de Miss Tanith avait immédiatement fusé.

– Est-ce que je vous ai surprise en quoi que ce soit ?

Miss Tanith réfléchit un moment.

– Oui. J'avais des doutes quand vous êtes venu vous installer ici, mais plus maintenant. Vous faites de grands efforts et j'admire cela. De plus, je m'attendais à des attaques plus pénibles que celles que nous avons connues, bien qu'elles aient dû vous sembler terribles. Je m'attendais à plus grave. On pourrait penser qu'elles déclinent en intensité, maintenant.

Elle comprit soudain qu'elle en disait trop, et ajouta immédiatement :

– Pour l'instant.

Ives ne se souvenait que trop de ce moment dans le parc, où il avait été sûr d'avoir triomphé, lui aussi, pour tout voir s'effondrer avec l'arrivée des deux policemen. Mais il s'accrocha à cette note optimiste.

– Nous arrivons à quelque chose, dit-il, avec une insistance un peu excessive.

Miss Tanith eut un sourire indulgent.

– Peut-être. Seulement peut-être.

Bobby voulait tendre sa main par-dessus la table pour prendre celle de Miss Tanith. Il avait envie de la toucher à chacune de leurs rencontres, par affection, pour quêter un peu de réconfort, ou par attrait sexuel. Mais jamais il n'avait accompli le geste et il était fier de sa maîtrise, certain qu'il était que tout l'édifice serait mis en péril, voire détruit par un tel acte. Mais garder ses distances était difficile. Ives commençait à se demander s'il pourrait jamais recommencer à établir des contacts humains, normaux avec une autre personne. Devrait-il passer le reste de sa vie dans ce trou hanté par l'image d'Ange et de Linda ? Ne connaîtrait-il plus que des plaisirs solitaires ?

Leur confiance en une amélioration de la situation croissait lentement. Ils n'en discutèrent plus, comme si le moindre mot à ce sujet pouvait rompre le charme. Ives resta cloîtré dans la cellule avec entêtement, refusant même la possibilité d'une petite promenade au-dehors. *Supporte le plus dur*, se répétait-il. *Ça marche.* Les attaques décroissaient en intensité; la maladie semblait en repos, mais elle subsistait. Ives le savait. Il la sentait en lui, comme une fraction de sa volonté qui fonctionnait séparément. Il lui vint à l'idée qu'il traversait une phase de consolidation, qu'il gagnait en confiance et en force d'âme, qu'il apprenait à s'en servir pour le moment où il serait prêt. Il se rapprochait chaque jour de l'heure où il connaîtrait la liberté pour toujours. Elle était presque à sa portée à présent, il en était intimement convaincu, mais il restait un dernier combat. L'autre part de lui-même se préparait également pour cet instant fatidique, il le savait. Quand sonnerait l'heure, même si le combat ne durait qu'une ou deux secondes, son sort serait scellé. Il fallait être prêt. Du repos, un régime convenable, de l'exercice. Ses visites au gymnase lui revinrent en mémoire, comme la résolution qu'il avait prise et qu'il n'avait pu tenir. Mais cette fois-ci il avait Miss Tanith de son côté.

Le début en fut trouble, un vague frisson de nervosité. Ives venait de réintégrer sa cellule, après avoir fait usage des toilettes. La porte était cadenassée, les verrous poussés dans leur gâche. Et tout d'un coup l'envie l'avait saisi de bavarder encore avec Miss Tanith. Un souffle d'air frais par la porte entrebâillée, quelques mots, rien de plus. Il frappa à la porte, puis recommença, de façon plus impérieuse.

– Miss Tanith, une minute seulement, je vous en prie, est-ce que je peux vous voir ?

Rien. Mais il savait qu'elle était là, il pouvait sentir sa présence de l'autre côté de la porte.

– Écoutez-moi, c'est important.

Il frappa à nouveau, plus fort. Quelques paroles suffiraient à le calmer, il en était persuadé.

Au-dehors, Miss Tanith avait posé la main sur le premier verrou, mais elle ne faisait pas un geste. La peur et le doute l'envahissaient lentement. Elle n'envisageait même pas d'ouvrir la porte durant une de ces attaques. Elle en connaissait les symptômes, les coups à la porte qui se muaient en un martèlement terrifiant, sa voix qui suppliait, quémandait, raisonnable au début, puis graduellement plus forcée, ses mots virant aux imprécations les plus excessives. Puis la fureur. Ce n'était qu'une nouvelle attaque, une de plus. Mais quelque chose la tracassait. Ils avaient accompli des progrès, des progrès importants. Se serait-elle trompée, cette fois-ci ? Peut-être en effet ne désirait-il que discuter avec elle, rien de plus ? *Il est fatal de devenir nerveux et tendu dans cette pièce minuscule.*

– Miss Tanith.

Le gémissement s'acheva plus sèchement.

– Je vous en prie, aidez-moi, je peux tenir mais j'ai besoin de vous avec moi, pour m'aider, je vous en prie.

Ives se sentait frustré, inquiet, et sa colère croissait. *Qu'est-ce qu'elle foutait dehors, cette garce ?* Elle l'entendait bien, pourtant, elle savait qu'il n'avait que des ennuis légers, elle savait qu'il ne saurait en triompher seul, alors pourquoi restait-elle sans rien faire ? *Merdemerdemerde.* Il battit des poings contre la porte.

Ne suis-je pas en train de déclencher la crise en refusant de lui parler, s'interrogea-t-elle. *Non, il ne faut pas que ce soit le cas.* L'idée la rendait malade.

– *Ô mon Dieu Dieu du ciel aidez-moi ne me faites pas tout perdre maintenant !* hurlait Ives, déchiré de douleur. C'était maintenant, il le sentait. Tout lui filait entre les doigts.

Son cri fit sursauter Miss Tanith, dont la main se tendit à nouveau vers le verrou. Il fallait qu'elle... mais soudain Ives lança son corps contre la porte avec un rugissement de rage bestiale. Il était submergé, maintenant. Elle recula au fond de l'étroit couloir, sans savoir si elle avait joué un rôle dans le déclenchement de la crise. Sa vision se brouilla et elle secoua la tête. Elle attendit.

La fureur le consumait. Si seulement c'était arrivé quelques instants plus tôt, pendant qu'il était encore dans le couloir ou aux toilettes, là où il pouvait avoir accès à une fenêtre. Il se déchaîna comme un ouragan. Il écrasa la chaise contre la porte, puis le lit, réduisant sa tête de bois en un boisseau d'échardes. De nouveau, il se jeta contre la porte.

Deux vis des gonds cédèrent partiellement dans un pénible couinement. Ives s'acharna sur ce point faible avec une énergie renouvelée, poussant, griffant, martelant, jusqu'à ce que la moitié inférieure de la porte finisse par lâcher. Le gond supérieur et les six verrous tenaient encore bon, mais Ives se rua sur la brèche. À quatre pattes, il s'inséra dans l'étroit passage, grognant de satisfaction quand il sentit la lourde barrière craquer à regret devant sa puissance.

Tout en luttant pour passer, il leva les yeux. Le couloir n'était éclairé que par une seule ampoule électrique à l'autre extrémité. Miss Tanith se dirigeait vers lui, elle se mit à courir quand elle le vit émerger. Si elle l'attrapait, si elle le maintenait au sol, il était mort. Elle le tenait dans l'ombre portée de son corps, mais le poignard d'argent scintillait comme sous une flamme.

– Non, gronda Bobby, tordant le cou pour éviter la lame qui s'abattait sur lui.

L'arme le frôla sans entamer la peau – il avait pu ne s'agir que du manche – mais son visage sembla se couvrir immédiatement de flammes et sa tête s'emplit d'une telle cacophonie barbare que chaque terminaison nerveuse de son corps hurla.

Miss Tanith avait immédiatement reculé hors de portée, mais elle revenait, le poignard dirigé vers les yeux d'Ives. Le bras droit de Bobby se libéra soudain de la porte et fila vers le haut juste à temps pour intercepter le coup et repousser la voyante. Dans son mouvement, il effleura de nouveau le fil de la lame et, en dépit de sa chemise, son bras fut frappé par un éclair brûlant. Sa fureur alimentée par sa crainte, Ives se dégagea enfin de la porte.

Miss Tanith allait de nouveau l'attaquer, mais quand Ives se mit debout, elle changea d'avis et recula de quelques pas. Là, elle se planta fermement sur ses pieds et tendit les deux bras, les mains closes sur le manche du poignard. Elle bloquait la seule issue.

– Restez là, intima-t-elle. Restez-là et attendez. Ça va passer et vous serez de nouveau vous-même. Écoutez-moi.

Les mots étaient rauques et déplaisants à ses oreilles. Ives tenta de les déchiffrer, il comprenait vaguement qu'ils étaient importants, mais c'était inutile. Il s'approcha d'elle avec méfiance. Courbé en avant, le souffle bruyant, il tenta de réfléchir. Elle l'avait durement éprouvé sans faire plus que de l'effleurer avec cette chose. C'était une arme, une arme efficace. Il hésita.

Les yeux de Miss Tanith semblaient irradier une puissance psychique telle qu'il ne pouvait avancer vers elle. Il tendit les bras, comme pour l'implorer, et l'espace d'un instant, le calme implacable et la profondeur infinie de son regard le retinrent.

Puis il combattit le sortilège et grogna. Le mur invisible céda, mais Miss Tanith ne bougea pas. Les avant-bras d'Ives décrivaient des cercles. Il se rapprocha.

– *Bobby !* cria la jeune femme. *Bobby, non !*

Le son de son nom, que Miss Tanith prononçait pour la première fois, le stupéfia, mais il arrivait trop tard. Ives feinta, esquissa une première charge et feinta à nouveau, puis frappa les poignets de l'extra-lucide. Elle ne recula pas, mais sa force se draina de son visage, qui n'exprimait plus que de la peur, mêlée à de la tristesse. Elle lui décocha un coup de poignard et une sorte d'instinct animal souffla à Ives que le moment était venu.

Il fixa le poignard des yeux et se rua vers l'avant. Aussitôt, Miss Tanith se laissa tomber à genoux et leva le couteau pour passer sous sa garde et l'empaler. Mais il réagit rapidement. Ses doigts raides saisirent la lame par son plat. Il crut s'être emparé de centaines de filins de fer chauffés à blanc. Miss Tanith se refusait à lâcher l'arme et il fut surpris par la vigueur qu'elle manifestait. D'un revers, il heurta la voyante à la tempe. Elle poussa un petit cri de douleur. Ives frappa à nouveau, plus fort, et la jeune femme fut à terre, étendue, inconsciente. Sans réfléchir, Ives glissa le poignard dans sa poche et s'assit auprès de Miss Tanith qu'il surplombait de toute sa masse. Il lui lécha les mains en gémissant.

Mais quand il s'aperçut qu'elle respirait encore, il prit la fuite.

30

Il errait dans les rues, hanté par une unique pensée : *tout est fini.* Ives ne prêtait aucune attention aux foules de l'heure de pointe, ni à la bruine vaporeuse qui tombait. Il ne se souciait pas de savoir où il allait, ni quelle heure il pouvait être. Il n'allait nulle part. Plus maintenant. Plus jamais.

Tout est fini.

Miss Tanith avait eu raison : rien n'était efficace. Elle avait représenté sa dernière chance et sa dernière chance venait de passer, de lui échapper, elle aussi. Périmée, gaspillée, foutue en l'air comme tous les gens qu'il avait connus. Il était seul à nouveau, absolument seul dans cette dernière course vertigineuse vers le gouffre, noir, silencieux et sans fond. Le néant.

Ives marchait comme un zombie. Il finit par s'arrêter. Il regardait une cuisine tout à fait ordinaire au travers d'une vitre. Une impulsion commença à tracasser son esprit. Il cherchait quelque chose, sans savoir quoi. Ses yeux explorèrent méticuleusement chaque détail de la pièce : le papier peint imprimé et les placards mode, les assiettes du dîner empilées près de l'évier, l'embarras d'ustensiles de cuisine, une boîte de céréales sur la table...

Quelqu'un le croisa d'un pas vif sur le trottoir, en se retournant pour lui jeter un coup d'œil intrigué. Ives tourna les talons et remonta l'allée devant la maison jusqu'à la porte, comme s'il avait trouvé la demeure qu'il cherchait. Mais il se tapit dans l'ombre. Ce n'était qu'une question de temps avant qu'on ne le prenne. *Oh, que ça finisse par pitié.* Ramassé en pleine rue ? Qui sait comment il se comportait ? Il ne savait même pas à quoi il pouvait ressembler. Il tendit la main vers la lueur du réverbère. Une main humaine, ni plus ni moins, mais sanglante et douloureuse – le poignard. Il ne pouvait plus contrôler ses actions, désormais, c'était fini. Il ne lui restait qu'à s'accrocher et à tenter de survivre. Se contrôler ? Quelle blague !

Bobby ne savait pas combien de temps il était resté là, appuyé contre la porte. Il ne dormait pas, mais son esprit flottait dans un rêve muet. Une forme vaguement familière lui faisait signe, une silhouette qu'il distinguait difficilement dans les ombres. Quelqu'un qu'il connaissait. Il se pouvait qu'il y eût des feuilles, des buissons, un feuillage quelconque entre eux. Seuls bougeaient les buissons sous la brise. En dépit de tous ses efforts, il ne parvenait pas à discerner les traits du visage noyé d'ombre. Les lèvres de la silhouette remuaient, mais Ives ne pouvait déchiffrer leur mouvement et il ne lui parvenait aucune voix.

Le bruit d'une porte que l'on déverrouillait le ramena à la réalité. Miss Tanith ? Non, une maison, une rue. Ici. La porte s'ouvrit. Un quadragénaire au nez chaussé de lunettes, un bras engagé dans la manche de son pardessus, fit face à Ives en clignant des yeux.

– Qui êtes-vous ?

L'homme ne semblait pas inquiet.

– Je... euh...

– Eh bien, qu'y a-t-il ? insista l'homme dont le ton se durcissait pour affirmer son autorité de propriétaire.

– J'étais...

– Venez par ici, vous, lui ordonna l'homme.

Il empoigna Ives par son col.

– Nous allons rapidement tirer cela au clair.

Au contact de la main de l'homme, Bobby sentit son corps parcouru d'un choc qui déclencha une vague de nausée. Il lutta pour tenter de se dégager et de s'enfuir.

– Minute, minute, fit l'homme qui assura plus fermement sa poigne et entraîna Ives à l'intérieur.

– Qu'est-ce que vous avez en tête ?

– Je vous en prie, supplia Ives.

– Qu'est-ce qui se passe, Stephen ? appela une voix féminine des profondeurs de la maison.

– Je viens d'attraper un rôdeur, répondit l'homme. Viens par ici, toi, haleta-t-il, forçant Ives à pénétrer dans l'entrée éclairée.

– Laissez-moi seul.

Mais soudain, son corps sembla se mouvoir de lui-même, se tordre, se libérer avec un grondement. L'homme trébucha et fit un pas en arrière, recouvra son équilibre et se préparait à dire quelque chose quand il se retint. Maintenant, il pouvait nettement contempler les traits de son rôdeur. Le visage de Bobby était convulsé de spasmes. Un diamant de salive perlait à ses lèvres. L'homme trouvait Ives terriblement déformé, plus grand et plus laid, bizarrement, qu'il y a quelques instants.

– Appelle la police, Margaret, vite.

Ives claqua la porte d'un coup de pied et se jeta sur ce Stephen. Tout alla très vite. Il renversa l'homme aisément et se lança à la recherche de la femme. Il la découvrit dans le salon, serrant contre elle une petite fille de cinq ou six ans, en tentant en même temps de composer un numéro de téléphone. Sur la télévision couleur passait le Muppet Show.

En apercevant Ives, la femme lâcha l'appareil et recula derrière une chaise avec sa fille. Bobby arracha le téléphone, dont le câble céda au niveau de l'applique murale. Puis il projeta l'objet à travers la pièce, heurtant une lampe qui s'écrasa au sol. Comme il se tournait vers la femme, Ives fut frappé par-derrière. Stephen enserra la gorge de Bobby de ses deux bras et tenta d'assurer une prise.

– Sors, Margaret.

Sa femme semblait paralysée, tassée derrière la chaise, tremblante.

– Pour l'amour de Dieu, Margaret, so...

Le dernier mot se fondit dans une bruyante expiration quand Ives enfonça son coude avec violence dans le ventre de son adversaire. Mais Stephen réussit à maintenir sa prise. La gorge de Bobby était douloureuse maintenant et la fureur bouillonnait en lui. Il se pencha vers l'avant avec brutalité, entraînant l'homme par-dessus son dos comme une poupée de son. Stephen s'effondra bruyamment sur le sol. Puis Ives décocha un coup de pied dans le crâne de son adversaire, le plongeant dans l'inconscience.

Avec un rugissement qui noyait les cris de la femme, Ives tournoya dans la pièce comme une toupie en folie, renversant lampes et verres, arrachant les tableaux des murs, bouleversant les meubles et arrachant les poils du tapis par touffes entières. Il jeta une chaise contre la télévision, fracassant l'écran et faisant jaillir des entrailles du poste des plumets ténus de fumée blanche.

Une musique tintinnabulante emplissait sa tête et le rendait fou. L'homme restait à terre, à l'endroit où il était tombé. Acculée dans un coin de la pièce, la femme serrait son enfant contre elle et s'affaissa, appuyée contre le mur, rendue muette par les destructions sauvages qui se déchaînaient devant ses yeux. Au bout de quelques instants, tout le contenu de la pièce fut ravagé et la dernière chaise écartée sans douceur.

Ives se tenait debout devant la femme et l'enfant, à demi courbé, dans une position qui évoquait celle d'un loup. Elle ne comprenait pas le spectacle qui s'offrait à elle – un homme aux yeux fous, tremblant de tous ses membres, les cheveux dressés comme une crête, des filets de bave coulant de sa bouche tandis qu'il secouait la tête avec fureur.

– No-ooo-non, hurla Ives, pris d'une convulsion. Non-non-non-non !

Et il s'enfuit de la maison.

31

Il n'alluma pas en entrant. Les grises clartés de l'aube rendaient l'appartement froid et vide. Ives maintint sa tête quelques minutes sous le robinet. Puis il se sécha les cheveux et se repeigna en arrière.

La migraine continuait de déchaîner des éclairs déchiquetés et douloureux dans sa tête. Il s'abattit sur le lit. Sa chemise trempée lui collait à la peau. Il fixa le plafond et écouta le doux murmure de son sang qui courait dans chaque veine et chaque artère de son corps. Le fonctionnement de ses organes se poursuivait, des messages électrochimiques scintillaient le long de leurs trajets. Un million, un milliard, un billion d'unités interconnectées : Bobby pensait qu'il les connaissait toutes – et qu'il n'en savait pourtant rien. Le point crucial lui échappait encore. On pouvait tout démonter, molécule par molécule, chaque engramme – et alors, est-ce qu'on en saurait plus ?

– Qu'est-ce que ça peut faire ?

– C'est important pour moi, répondit Ives.

– Non, pas vraiment.
– Mais je...
– Tu crois que c'est important, rien de plus, dit la voix.
– Non, ah non.
– Bobby, Bobby.
Ives regarda autour de lui. Avait-il réellement entendu une voix ? Il réfléchissait à voix haute, il parlait tout seul. Il reposa sa tête dans le ventre mou de l'oreiller et laissa ses paupières se refermer. Il se sentait recru de fatigue mais surtout malade, de façon physique, comme si une nouvelle infection s'était déclarée. Son visage ruisselait de sueur et, simultanément, des doigts froids faisaient frissonner ses membres.
– Bobby ?
– Quoi ?
– Tu t'en es sorti.
Un murmure doux, si doux.
– Qu'est-ce que tu veux dire ?
– Tu as gagné. Tu as vaincu toutes les épreuves.
– Oh non.
Ives eut un rire de gorge, profond.
– Si. Crois-moi. Tout cela est loin derrière, désormais.
– Qui es-tu ?
– Bobby, Bobby.
Ives se dressa sur son séant et inspecta la pièce. La froide grisaille l'enveloppait de plus près maintenant. Il enfila son peignoir en claquant des dents. Il avait besoin d'énergie mais il éprouvait une telle lassitude qu'il ne pouvait

pas aller chercher du miel dans la cuisine. Si seulement il pouvait se déplacer... ou s'endormir. Mais son esprit veillait sans trêve.

– Bobby, Bobby.

Un visage se forma devant ses yeux, puis un autre.

Il eut un hoquet.

– Linda, Ange. Mais... vous êtes... mortes.

– Ah, Bobby, et leurs voix étaient mêlées, et elles l'embrassaient sur la face et sur les yeux, nous sommes ici avec toi, maintenant. Tu peux nous voir, tu peux nous toucher.

– Impossible, je...

– Oublie tout cela, Bobby. Tu as besoin de nous et nous sommes venues t'aider.

Leurs voix, si belles, si légères.

– La réalité, c'est nous, Bobby. Tout ce qui a pu arriver par ailleurs, ce n'était qu'un rêve, un rêve cruel qui te retenait prisonnier. Nous étions captives, nous aussi, mais tout est fini, désormais. Tu ne vois donc pas ? *La réalité, c'est maintenant.*

– Mais je ne...

Il se sentait groggy, comme si une drogue commençait à faire effet sur lui. Les mots embarrassaient ses pensées et il ne pouvait comprendre ce qui...

– Tout cela faisait partie d'un rêve, insistèrent les deux adolescentes. Un rêve plus long que ne dure une vie, mais un rêve pourtant, un rêve seulement. Et il est terminé.

– Où suis-je ? demanda soudain Ives d'une voix forte qui tremblait un peu. Qu'est-ce qui se passe ?

– Tu es libre. Tu es libre et tu es revenu à la réalité. Tu nous a rejointes, Bobby. À l'instant.

Par-delà les visages d'Ange et de Linda, Ives vit une nouvelle silhouette qui émergeait des ombres de la pièce. Elle s'approcha, tachetée et imprécise, comme quelqu'un qu'on aperçoit à travers un clayonnage... ou derrière des feuilles, dans un brouillard, une silhouette qu'il connaissait sans pouvoir la nommer, une forme qui s'était souvent présentée à lui dans le passé, mais toujours à distance, hors de portée... qui s'approchait maintenant, les yeux grands ouverts, les traits déterminés...

L'image que réfléchissait son miroir.

Qui lui tendait un objet. Un objet allongé. En argent. Ives tentait de rassembler ses facultés, mais tout se dissolvait en une brume grondante pour lui.

– *Bobby*, *Bobby*, appelèrent les voix, claires et mélodieuses, aussi pures que la lumière. *Il est l'heure*, *Bobby*, *il est l'heure. Envole-toi en toi*, *il est l'heure.*

Pendant une seconde infime, l'univers sembla suspendu.

– Non !

Avec un hurlement, Bobby avait bondi du lit. Le poignard d'argent tomba sur le plancher. Les voix s'étaient évanouies. Ives tremblait et pleurait doucement. Il arpentait la pièce, décrivant de larges boucles indéfinies.

Avant de pouvoir mobiliser ses esprits à nouveau, il prit conscience d'un nouveau bruit.

La porte était ouverte. Deux policemen.

Armés. D'autres têtes apparaissaient derrière eux. Ils pénétrèrent à pas prudents dans la pièce, les bras tendus. Miss Tanith avait finalement donné l'alerte, ou bien la police était parvenue à le retrouver par ses propres moyens. Quelle importance ? Ils étaient là, maintenant.

La peur le figeait. Un nouveau monde béait devant ses yeux, un monde dont le spectacle éclatait dans sa tête : un temps immobile, des cellules minuscules, des jeux, des examens, une nourriture insipide, des murs et des sols capitonnés, des camisoles de force, des piqûres pour se tenir docile, des électroencéphalogrammes, un flot de gens aux visages impassibles et aux voix soigneusement modulées...

– Dieu du ciel, souffla un policeman, regardez-le.

– Animal, marmonna un autre, comme s'il s'adressait à Ives. Ne bougez pas.

Ce qu'ils voyaient, c'était un être humain distordu, une silhouette ramassée sur elle-même dans une posture menaçante, prête à bondir, une créature aux yeux fous et paniqués, dont les mains semblaient nouées d'arthrite et portaient de longs ongles irréguliers. Les cheveux d'Ives avaient poussé durant sa détention chez Miss Tanith; ils se dressèrent en une crinière, celle d'un animal terrifié et dangereux. Ils virent ses vêtements striés de sang, la salive qui écumait de sa bouche. Et ils entendirent les sons qui s'échappaient de lui.

Durant cette seconde, Ives sut qu'il avait tout le temps du monde, plus encore, que le temps avait enfin suspendu son cours, et qu'il était pris dans un moment lumineux au centre de l'univers, un moment qui entrait en expansion infinie. Tout se résumait à cela, ici et maintenant. Le corps qui l'avait dominé et mené de si impitoyable façon avait soudain abandonné toute pesanteur, toute substance, comme si Ives s'était enfin libéré de sa tyrannie. La dernière transformation ? Une atmosphère de paix, profonde et lénifiante, l'enveloppa et il fut emporté vers un nouveau domaine. La Guadeloupe et le Viêt-nam n'avaient été que des étapes sur le chemin, il le comprenait, maintenant. Des transformations mineures peut-être, et pourtant des échardes d'un même moment d'éternité. C'était cela le sens du mot « surnaturel ». Mourir, devenir un zombie, renaître, être un loup-garou – tout cela ne constituait que des facettes d'un même état, des continuations, des évolutions. À chaque évolution, il avait crû en force et en compréhension. Après celle-ci, il était certain que viendrait plus encore. *Quelle forme adopterait-il la prochaine fois ?* Miss Tanith avait eu raison, non de croire qu'il avait été la victime d'une malédiction en Guadeloupe, mais de penser que le lien entre Guadeloupe et présent existait bel et bien. Elle n'avait pas pu deviner que ce lien avait été plus grand, plus profond que cela. Il remontait à la Guadeloupe, et plus loin encore, et sa mémoire ne pouvait retrouver ses origines; maintenant ce lien l'appelait vers une nouvelle métamorphose. Ange avait eu raison, nous vivons bien un rêve, mais elle ne savait pas tout. Ives savait que le rêve était vrai, qu'il représentait le mal et qu'il en était lui-même un fragment fait chair. *Oui, Ange, les zombies existent, comme les loups-garous, et bien plus encore. Ici même. Regarde.*

Ives était prêt.

– Attention au poignard.

La voix du policeman emplit la pièce.

– Éloignez-vous de ça. *Stop.*

Un coup de feu tonna presque à bout portant, puis un autre, et un troisième. Ives se dit qu'il allait sentir quelque chose, mais non. Il ramassa le poignard et chargea le groupe de policemen. Deux nouveaux coups de feu claquèrent dans l'espace réduit et il fut parmi eux, frappa et déchira. Ses grognements se muèrent en un long hurlement de rage et de douleur. Son poignard pénétrait les lourds manteaux des policemen et son autre main griffait des faces, y abandonnant de sanglantes traînées. Huit, dix mains peut-être, étaient sur lui, luttaient pour le plaquer au sol avec énergie et acharnement. Au cours du combat, le poignard plongea soudain dans le torse d'Ives, juste au-dessous de la cage thoracique. Le cri qu'il poussa immobilisa tous les policemen. Ives glissa à terre, le manche du poignard dans la main, comme un câble électrique dénudé qu'il ne pouvait lâcher. Tous les atomes de son corps semblaient entrer en explosion, cracher des flammes et un acide qui le dévoraient de l'intérieur. Qui le parcouraient comme un sortilège.

Il faut que je me sois trompé.

– Il est foutu, dit quelqu'un tandis que les policemen se dégageaient.

– Allez chercher une ambulance, vite. Nous le voulons...

– Il est déjà mort.

– Impossible, une telle blessure ne pourrait être fatale que si ce salaud se vidait de son sang.

– Tu peux vérifier par toi-même. Il est mort.

Les deux policemen discutaient au-dessus du cadavre. Un autre se détourna après avoir remarqué qu'aucune des balles n'avait atteint Ives. Elles ne l'avaient même pas effleuré. Le policeman se dirigea vers le mur du fond. Elles étaient là, profondément incrustées dans le plâtre, toutes les quatre. À hauteur de la poitrine ou de l'épaule. Il se plaça dos au mur et tenta de déterminer la trajectoire du feu. Impossible que quatre coups de feu aient manqué leur cible à une telle distance. C'était pourtant ce qui avait dû se passer.

Il haussa les épaules et jeta un coup d'œil circulaire sur les lieux. Puis ses yeux s'arrêtèrent. Près du lit défait se trouvaient deux sacs à ordures en plastique noir, bourrés à craquer.

Dans Marylebone, une adolescente de dix-sept ans se tenait devant la fenêtre de sa chambre, dans la clarté blafarde des premières heures du jour. Elle regardait sans les voir le petit jardin au-dehors et les bâtiments de brique usée immédiatement derrière. Seuls le feu et l'argent pouvaient y mettre un terme, mais ils ignoraient cela. Pourtant elle avait appris de façon certaine, peu de temps auparavant, que Bobby Ives était enfin en repos. Par quel moyen, elle ne le savait pas. Il n'était pas question de travailler; elle devrait annuler ses rendez-vous de la journée. Peut-être iraitelle se promener. Une longue promenade lui ferait du bien.

Science-fiction

Depuis 1970, cette collection est leader du genre en France. Elle a publié la plupart des grands classiques (Asimov, Van Vogt, Clarke, Dick, Vance, Simak), mais elle a aussi révélé de nombreux jeunes auteurs qui seront les écrivains de premier plan de demain (Tim Powers, David Brin, Greg Bear, Kim Stanley Robinson, etc.). La S-F est reconnue aujourd'hui comme littérature à part entière, étudiée dans les écoles et les universités. Elle est véritablement la littérature de notre temps.

ANDERSON Poul	**La patrouille du temps** 1409/3★
ASIMOV Isaac	**Les cavernes d'acier** 404/3★
	Les robots 453/3★
	Face aux feux du soleil 468/3★
	Tyrann 484/3★
	Un défilé de robots 542/3★
	Cailloux dans le ciel 552/3★
	La voie martienne 870/3★
	Les robots de l'aube 1602/3★ & 1603/3★ Inédit
	Le voyage fantastique 1635/3★
	Les robots et l'empire 1996/4★ & 1997/4★ Inédit
	Espace vital 2055/3★
	Asimov parallèle 2277/4★ Inédit
	Le robot qui rêvait 2388/6★ Inédit
	La cité des robots 2573/6★ Inédit
	La forêt de cristal 2652/3★
BALLARD J.G.	**Le monde englouti** 2667/3★
	Salut l'Amérique ! 2704/3★ (Décembre 89)
BEAR Greg	**La musique du sang** 2355/4★
BELFIORE Robert	**La huitième vie du chat** 2278/3★ Inédit
BLISH James	**Semailles humaines** 752/2★
BOGDANOFF Igor & Grishka	**La machine fantôme** 1921/3★
BRIN David	**Marée stellaire** 1981/5★ Inédit
	Le facteur 2261/5★ Inédit
	Elévation - 1 2552/5★ & 2553/5★ Inédit
CARROLL Jonathan	**Le pays du fou rire** 2450/4★ Inédit
CHERRYH C.J.	Chanur :
	-L'épopée de Chanur 2104/3★
	-La vengeance de Chanur 2289/4★ Inédit
	-Le retour de Chanur 2609/6★ Inédit
	L'œuf du coucou 2307/3★ Inédit
CLARKE Arthur C.	**2001 l'odyssée de l'espace** 349/2★
	2010 : odyssée deux 1721/3★
	Les enfants d'Icare 799/3★
	Rendez-vous avec Rama 1047/3★
	Les fontaines du paradis 1304/3★
	Base Venus 2668/4★ Inédit

Science-fiction

CURVAL Philippe	**Le ressac de l'espace** 595/**3***
DICK Philip K.	**Loterie solaire** 547/**2***
	Dr Bloodmoney 563/**3***
	Le maître du Haut Château 567/**4***
	Ubik 633/**3***
	Le dieu venu du Centaure 1379/**3***
	Blade runner 1768/**3***
	Coulez mes larmes, dit le policier 2451/**3***
DONALDSON Stephen R.	Thomas l'Incrédule :
	-Le réveil du titan ; 2306/**4***
	-L'éternité rompue 2406/**6*** Inédit
DREW Wayland	**Miracle sur la 8e rue** 2343/**3*** Inédit
	Willow 2487/**3***
FARMER Philip José	Le Fleuve de l'éternité :
	-Le monde du Fleuve 1575/**3***
	-Le bateau fabuleux 1589/**4***
	-Le noir dessein 2074/**6***
	-Le labyrinthe magique 2088/**6***
	-Les dieux du Fleuve 2536/**6***
FOSTER Alan Dean	**Alien** 1115/**3***
	AlienS 2105/**4***
	Futur immédiat - Los Angeles, 1991 2505/**3*** Inédit
FRÉMION Yves	**Rêves de sable, châteaux de sang** 2054/**3*** Inédit
GALOUYE Daniel	**Simulacron 3** 778/**2***
GIBSON William	**Neuromancien** 2325/**4***
	Comte Zéro 2483/**4***
GOLDMAN William	**Princess Bride** 2393/**4***
HALDEMAN Joe	**La guerre éternelle** 1769/**3***
HAMILTON Edmond	**Le retour aux étoiles** 490/**3***
HEINLEIN Robert A.	**Une porte sur l'été** 510/**3***
	Double étoile 589/**2***
	Vendredi 1782/**4***
	Job : une comédie de justice 2135/**5*** Inédit
	Au-delà du crépuscule 2591/**7*** Inédit
HERBERT Frank	**La ruche d'Hellstrom** 1139/**4***
HOWARD Robert E.	**Conan le conquérant** 2468/**3***
JETER K.W.	**Machines infernales** 2518/**4*** Inédit
JEURY Michel	**La croix et la lionne** 2035/**3*** Inédit
JONES Raymond F.	**Renaissance** 957/**4*** Inédit
KEYES Daniel	**Des fleurs pour Algernon** 427/**3***
KLEIN Gérard	**Les seigneurs de la guerre** 628/**3***
	La saga d'Argyre :
	-Le rêve des forêts 2164/**3***
	-Les voiliers du soleil 2247/**2***
	-Le long voyage 2324/**2***

LEE Tanith	**Vazkor** 1616/**3**★
	La déesse voilée 1690/**4**★ Inédit
	La quête de la Sorcière Blanche 2042/**4**★ Inédit
	Terre de lierre 2469/**3**★ Inédit
LÉOURIER Christian	**Mille fois mille fleuves...** 2223/**2**★ Inédit
	Les racines de l'oubli 2405/**2**★ Inédit
LEVIN Ira	**Les femmes de Stepford** 649/**2**★
LOVECRAFT Howard P.	**L'affaire Charles Dexter Ward** 410/**2**★
	Dagon 459/**5**★
	Night Ocean et autres nouvelles 2519/**3**★
MARTIN Georges R.R.	**L'agonie de la lumière** 2692/**5**★
McKEE CHARNAS Suzy	**Un vampire ordinaire** 2433/**4**★
MERRITT Abraham	**Les habitants du mirage** 557/**3**★
	La nef d'Ishtar 574/**3**★
MOORE Catherine L.	**Shambleau** 415/**4**★
	Jirel de Joiry 533/**3**★
MORROW James	**L'arbre à rêves** 2653/**4**★
OTTUM Bob	**Pardon, vous n'avez pas vu ma planète ?** 568/**3**★
PARIS Alain	**Daïren** 2484/**3**★ Inédit
POHL Frederik	**Casse-tête chinois** 2151/**4**★ Inédit
	L'ultime fléau 2340/**3**★
	Les Annales des Heechees 2632/**4**★ Inédit
POWERS Tim	**Les voies d'Anubis** 2011/**5**★ Inédit
	Sur des mers plus ignorées... 2371/**4**★ Inédit
	Le Palais du Déviant 2610/**4**★
RAY Jean	**Malpertuis** 1677/**2**★
ROBINSON Kim Stanley	**La mémoire de la lumière** 2134/**4**★ Inédit
	La planète sur la table 2389/**4**★ Inédit
	La Côte Dorée 2639/**6**★ Inédit
RODDENBERRY Gene	**Star Trek** 1071/**2**★
SADOUL Jacques	**Les meilleurs récits de Weird Tales** 2556/**6**★
SCOTT CARD Orson	**Abyss 2657/4**★ Inédit
SHECKLEY Robert	**Le prix du danger** 1474/**3**★
	Le robot qui me ressemblait 2193/**3**★
SILVERBERG Robert	**Les ailes de la nuit** 585/**2**★
	Les monades urbaines 997/**3**★
	Le château de Lord Valentin 1905/**4**★ 1906/**4**★
	Pavane au fil du temps 2631/**4**★ Inédit
SIMAK Clifford D.	**Demain les chiens** 373/**3**★
	Mastodonia 956/**3**★
	Le chemin de l'éternité 2432/**4**★ Inédit
SPIELBERG Steven	**Rencontres du troisième type** 947/**2**★
	E.T. l'extra-terrestre 1378/**3**★
	E.T. La planète verte 1980/**3**★ Inédit
STEINER Kurt	**Le disque rayé** 657/**2**★
STINE Jovial Bob	**La folle histoire de l'espace** 2294/**3**★ Inédit

2693

Composition Communication à Champforgeuil
Impression Brodard et Taupin
à La Flèche (Sarthe) le 26 octobre 1989
6384B-5 Dépôt légal octobre 1989
ISBN 2-277-22693-9
Imprimé en France
Editions J'ai lu
27, rue Cassette, 75006 Paris
diffusion France et étranger : Flammarion